ROBERTO ARLT

Nació en Buenos Aires en 1900. Hijo de una modesta familia de emigrados, se vio obligado a ejercer diversos oficios, entre los que destacan el de inventor y periodista. Escritor autodidacta, fue, desde muy joven, un gran aficionado a la lectura, dedicándose a frecuentar las bibliotecas públicas. Se interesó especialmente por los autores rusos. En 1915 apareció impreso, por primera vez, un relato suyo en la Revista Popular. En 1920 se trasladó a Córdoba para cumplir con el servicio militar y, una vez concluido éste, contrajo matrimonio. Vivió allí durante cuatro años y, de regreso a Buenos Aires, continuó con su labor de periodista. En 1935 fue enviado a España por el diario «El Mundo» y a su regreso en 1936, publicó un libro y estrenó dos obras de teatro. Seriamente decidido a dedicarse exclusivamente a la literatura, todavía tuvo que seguir colaborando en el diario «El Mundo». Fue enviado de nuevo a Chile en 1940, año en que murió su esposa y en que comenzó a tener algunos problemas de salud. Dos años más tarde, murió en Buenos Aires, víctima de un ataque cardíaco.

OTRAS OBRAS DEL AUTOR

ROBERTO ARLT

EL JUGUETE RABIOSO

BRUGUERA

1.ª edición en Libro Amigo: junio, 1981

La presente edición es propiedad de Editorial Bruguera, S. A.
Camps y Fabrés, 5. Barcelona (España)

Edición original: © Mirta Arlt - 1958

Primera edición: Editorial Losada, S. A. - 1958

Diseño de cubierta: Soulé-Spagnuolo

Printed in Spain

ISBN 84-02-07966-0 / Depósito legal: B. 14.114 - 1981

Impreso en los Talleres Gráficos de Editorial Bruguera, S. A.
Carret. Nacional 152, km. 21,650. Parets del Vallès (Barcelona) - 1981

ROBERTO ARLT
por Juan Carlos Onetti

Quiero aclarar desde el principio que estas páginas se escriben, misteriosamente, porque el editor y el autor estuvieron de acuerdo respecto a su tono. Yo no podría prologar esta novela de Arlt haciendo juicios literarios, sino sociológicos; tampoco podría caer en sentimentalismos fáciles sobre, por ejemplo, el gran escritor prematuramente desaparecido. No podría hacerlo por gustos o incapacidades personales; pero, sobre todo, imagino y sé la gran carcajada que le provocaría a Roberto Arlt cualquier cosa de ese tipo. Oigo su risa desfachatada, repetida en los últimos años por culpa de exegetas y neodescubridores.

Por ese motivo no releí a Roberto Arlt, aunque esta precaución es excesiva porque lo conozco de memoria, tantos persistentes años pasados. Tampoco quise mirar lo que se publicó sobre él y tengo en mi biblioteca. Supuse más adecuado un encuentro cara a cara, sin mentir ni tolerarle trampas. Creo que es una forma indudable de la amistad, si es que Roberto Arlt tuvo jamás un amigo. Estaba en otra cosa. En consecuencia, quiero pedir perdón por fechas equívocas, por anécdotas ignoradas, tal vez ya contadas.

En aquel tiempo, allá por el 34, yo padecía en Montevideo una soltería o viudez en parte involuntaria. Había vuelto de mi primera excursión a Buenos Aires fracasado y pobre. Pero esto no importaba en exceso porque yo tenía veinticinco años, era austero y casto por pacto de amor, y sobre todo, porque estaba escribiendo una novela «genial» que bauticé *Tiempo de abrazar* y que nunca llegó a publicarse, tal vez por mala, acaso, simplemente, porque la perdí en alguna mudanza.

Además de la novela yo tenía otras cosas, propias de la edad; entre ellas un amigo, Italo Constantini, que vivía en Buenos Aires y jugaba por entonces al Stavroguin.

Entre 30 y 34 yo había leído, en Buenos Aires, las novelas de Arlt —*El juguete rabioso, Los siete locos, Los lanzallamas,* algunos de sus cuentos—; pero lo que daba al escritor una popularidad incomparable eran sus crónicas, «Aguafuertes porteñas», que publicaba semanalmente en el diario *El Mundo.*

Los aguafuertes aparecían, al principio, todos los martes y su éxito fue excesivo para los intereses del diario. El director, Muzzio Sáenz Peña, comprobó muy pronto que *El Mundo,* los martes, casi duplicaba la venta de los demás días. Entonces resolvió despistar a los lectores y publicar los «Aguafuertes» cualquier día de la semana. En busca de Arlt no hubo más remedio que comprar *El Mundo* todos los días, del mismo modo que se persiste en apostar al mismo número de lotería con la esperanza de acertar.

El triunfo periodístico de los «Aguafuertes» es fácil de explicar. El hombre común, el pequeño y pequeñísimo burgués de las calles de Buenos Aires, el oficinista, el dueño de un negocio raído, el enorme porcentaje de amargos y descreídos podían leer sus propios pensamientos, tristezas, sus ilusiones pálidas, adivinadas y dichas en su lenguaje de todos los días. Además, el cinismo que ellos sentían sin atreverse a confesión; y, más allá, intuían nebulosamente el talento de quien les estaba contando sus propias vidas, con una sonrisa burlona pero que podía creerse cómplice.

Hablando de cinismo: el mencionado Muzzio Sáenz Peña —a quien Arlt entregaba normalmente sus manuscritos para que corrigiera los errores ortográficos— se alarmó porque el escritor había estado publicando crónicas en revistas de izquierda. Esta inquietud o capricho de Arlt preocupaba a la Administración del diario, temerosa de perder avisos de Ford, Shell, etcétera, encaprichada en conservarlos.

Muzzio llamó a Arlt y le dijo, no era pregunta:

—¿Te imaginás el lío en que me estás metiendo?

—¿Por esso? No te preocupés que te lo arreglo mañana.

(Jorge Luis Borges, el más importante de los escritores argentinos de la época, dijo en una entrevista reciente que Roberto Arlt pronunciaba el español con un fuerte acento germano o prusiano, heredado del padre. Es cierto que el padre era austríaco y un redomado hijo de perra; pero yo creo que la prosodia arltiana era la sublimación del hablar porteño: escatimaba las eses finales y las multiplicaba en mitad de las palabras como un tributo al espíritu de equilibrio que él nunca tuvo.)

Y al día siguiente, después de corregir Muzzio los errores gramaticales, las «Aguafuertes» dijeron algo parecido a esto: «Me acerqué a los problemas obreros por curiosidad. Lo único que me importaba era conseguir más material literario y más lectores.»

La anécdota no debe escandalizar a deudos, amigos ni admiradores. El problema Arlt persona en este aspecto es fácil de comprender. Arlt era un artista (me escucha y se burla) y nada había para él más importante que su obra. Como debe ser.

Ahora volvemos a Italo Constantini, a *Tiempo de abrazar* y a otra temporada en Buenos Aires. Harto de castidad, nostalgia y planes para asesinar a un dictador, busqué refugio por tres días de Semana Santa en casa de Italo (Kostia); me quedé tres años.

Kostia es una de las personas que he conocido personalmente, hasta el límite de intimidad que él imponía, más inteligentes y sensibles en cuestión literaria. Desgraciadamente para él leyó mi novelón en dos días y al tercero me dijo desde la cama —reiterados gramos de ceniza de Player's Medium en la solapa.

—Esa novela es buena. Hay que publicarla. Mañana vamos a ver a Arlt.

Entonces supe que Kostia era viejo amigo de Arlt, que había crecido con él en Flores, un barrio bonaerense, que probablemente haya participado en las aventuras primeras de *El juguete rabioso.*

¿Pero quién y cómo era Arlt? Lo imaginé como un compadrito porteño, definición que no puede ser traducida, que llevaría horas para ser explicada y tal vez sin acierto posible.

Por ahora, en la víspera de una entrevista que me parecía inverosímil, supe que Kostia, por lo menos, conocía a muchos protagonistas de *Los siete locos* y *Los lanzallamas*. Claro que Erdosain continuaba invisible, impalpable, porque era el fantasma hecho personaje del mismo Arlt.

Siempre en la víspera, intentaba sondear mi futuro inmediato:

—Pero lo que yo escribo no tiene nada que ver con lo que hace Arlt. ¿Y si no le gusta? ¿Con qué derecho vas a imponerle que lea el libro?

—Claro que no tiene nada que ver —sonreía Kostia con dulzura—. Arlt es un gran novelista. Pero odia lo que podemos llamar literatura entre comillas. Y tu librito, por lo menos, está limpio de eso. No te preocupes —vasos de vino y la solapa aceptando paciente su misión de cenicero—; lo más probable es que te mande a la mierda.

La entrevista en *El Mundo* resultó tan inolvidable como desconcertante. Arlt tenía el privilegio, tan raro en una redacción, de ocupar una oficina sin compartirla con nadie. Por lo menos en aquel momento, las cuatro de la tarde. Saludó a Kostia:

—Qué hacés, malandra.

Y después de las presentaciones Kostia se dedicó a divertirse en silencio y aparte. El original de la novela quedó encima del escritorio. Roberto Arlt se adhirió a la quietud de su amigo, apenas movió la cabeza para desechar mi paquete de cigarrillos. Tendría entonces unos treinta y cinco años de edad, una cabeza bien hecha, pálida y saludable, un mechón de pelo negro duro sobre la frente, una expresión desafiante que no era deliberada, que le había sido impuesta por la infancia, y que ya nunca lo abandonaría.

Me estuvo mirando, quieto, hasta colocarme en alguno de sus caprichosos casilleros personales. Comprendí que resultaría inútil, molesto, posiblemente ofensivo hablar de admiraciones y respetos a un hombre como aquél, un hombre impredecible que «siempre estaría en otra cosa».

Por fin dijo:

—Así que usted esscribió una novela y Kostia dice que está bien y yo tengo que conseguirle un imprentero.

(En aquel tiempo Buenos Aires no tenía, prácticamente, editoriales. Por desgracia. Hoy tiene demasiadas, también por desgracia.)

Arlt abrió el manuscrito con pereza y leyó fragmentos de páginas, salteando cinco, salteando diez. De esta manera la lectura fue muy rápida. Yo pensaba: demoré casi un año en escribirla. Sólo sentía asombro, la sensación absurda de que la escena hubiera sido planeada.

Finalmente Arlt dejó el manuscrito y se volvió al amigo que fumaba indolente sentado lejos y a su izquierda, casi ajeno.

—Dessime vos, Kostia —preguntó—, ¿yo publiqué una novela este año?

—Ninguna. Anunciaste pero no pasó nada.

—Es por las «Aguafuertes», que me tienen loco. Todos los días se me aparece alguno con un tema que me jura que es genial. Y todos son amigos del diario y ninguno sabe que los temas de las «Aguafuertes» me andan buscando por la calle, o la pensión o donde menos se imaginan. Entonces, si estás seguro que no publiqué ningún libro este año, lo que acabo de leer es la mejor novela que se escribió en Buenos Aires este año. Tenemos que publicarla.

La amnesia fue fingida tan groseramente que mi única preocupación era desaparecer.

—Te avisé —dijo Kostia.

—Sos como yo, no te equivocás nunca con los libros. Por eso no te muestro los originales, porque no quiero andar dudando.

Suspiró, puso la mano abierta encima del manuscrito y se acordó de mí.

—Claro, usted piensa que lo estoy cachando y tiene ganas de putearme. Pero no es así. Vea: cuando me alcanza el dinero para comprar libros, me voy a cualquier librería de la calle Corrientes. Y no necesito hacer más que esto, hojear, para estar seguro de si una novela es buena o no. La suya es buena y ahora vamos a tomar algo para festejar y divertirnos hablando de los colegas.

Arlt entró al café Rivadavia y Río de Janeiro, haciendo cruz con el edificio de *El Mundo*. Era un hombre alto y por aquellos días jugaba a la gimnasia y la salud.

Acaso fuera aquél el mismo cafetín donde la mujer de Erdosain espiara el perfil inmóvil y melancólico de su marido, a través de los vidrios mugrientos, hundido en el humo del tabaco y la máquina del café.

Hablamos de muchas cosas y, aquella tarde, hablaba él. Desfilaron casi todos los escritores argentinos contemporáneos y Arlt los citaba con precisión y carcajadas que resonaban extrañas en aquel café de barrio, en aquella hora apacible de la tarde.

—Pero mirá, un tipo que es capaz de escribir en serio una frase como ésta: Y venían la frase y la risa. Pero las burlas de Arlt no tenían relación con las previsibles y rituales de las peñas o capillas literarias. Se reía francamente, porque le parecía absurdo que en los años treinta alguien pudiera escribir o seguir escribiendo con temas y estilos que fueron potables a principios del siglo. No atacaba a nadie por envidia; estaba seguro de ser superior y distinto, de moverse en otro plano.

Evocándolo, puedo imaginar su risa frente al pasajero truco del boom, frente a los que siguen pagando, con esfuerzo visible, el viaje inútil y grotesco hacia un todo que siempre termina en nada. Arlt, que sólo era genial cuando contaba de personas, situaciones y de la conciencia del paraíso inalcanzable.

Un recuerdo que viene al caso, para confundir o aclarar. Alguna vez nos dijo y lo publicó: «Cuando aparece por la redacción (del diario en que trabajaba), un tipo con su manuscrito o me piden que lea un libro de un desconocido que tiene talento, nunca procedo como mis colegas. Estos se asustan y le ponen mil trabas —muy corteses, muy respetuosos y bien educados— al recién venido. Yo uso otro procedimiento. Yo me dedico a conseguirle al nuevo genio toda clase de facilidades para que publique. Nunca falla: un año o dos y el tipo no tiene ya más nada que decir. Enmudece y regresa a las cosas que fueron su vida antes de la aventura literaria.»

Como el prólogo amenaza ser más largo que el libro, cuento dos «aguafuertesarltianas»:

1) Una mañana sus compañeros de trabajo lo encontraron en la redacción (era otro diario, *Crítica,* donde Arlt estaba encargado de la sección «Policiales») con los pies sin zapatos sobre la mesa, llorando, los calcetines rotos. Tenía enfrente un vaso con una rosa mustia. A las preguntas, a las angustias, contestó: «¿Pero no ven la flor? ¿No se dan cuenta que se está muriendo?»

Otra mañana estaba calzado pero semimuerto, el mechón de pelo en la cara, negándose a conversar. Acababa de ver el cuerpo de una muchacha, sirvienta, que se había tirado a la calle desde un quinto o séptimo piso. Fue mudo y grosero durante varios días. Después escribió su primera y mejor obra de teatro, *Trescientos millones* o cifra parecida, basado en la supuesta historia de la muchacha muerta.

2) En aquel tiempo, como ahora, yo vivía apartado de esa consecuente masturbación que se llama vida literaria. Escribía y escribo y lo demás no importa. Una noche, por casualidad pura, me mezclé con Arlt y otros conocidos en un cafetín. El monstruo, antónimo de sagrado, recuerdo, no tomaba alcohol.

Tarde, cuatro o cinco de nosotros aceptamos tomar un taxi para ir a comer. Entre nosotros iba un escritor, también dramaturgo, al que conviene bautizar Pérez Encina. En el viaje se habló, claro, de literatura. Arlt miraba en silencio las luces de la calle. Cerca de nuestro destino —una calle torcida, un bodegón que se fingía italiano— Pérez Encina dijo:

—Cuando estrené *La casa vendida*...

Entonces Arlt resucitó de la sombra y empezó a reír y siguió riendo hasta que el taxi se detuvo y alguno pagó el viaje. Continuaba riendo apoyado en la pared del bodegón y, sospecho, todos pensamos que le había llegado un muy previsible ataque de locura. Por fin se acabó la risa y dijo calmoso y serio:

—A vos, Pérez Encina, nadie te da patente de inteligencia. Pero sos el premio Nobel de la memoria. ¡Sos la única persona en el mundo que se acuerda de *La casa vendida*!

La numerosa tribu de los maniqueos puede elegir entre las dos anécdotas. Yo creo en la sinceridad de una y otra y no doy opinión sobre la persona Roberto Arlt. Que, por otra parte, me interesa menos que sus libros.

A esta altura pienso que hay recuerdos bastantes y es, sería, necesario hablar del libro. Pero siempre he creído, además, que los lectores, lo único que importa de verdad —y esto es demostrable— no son niños necesitados de que los ayuden a atravesar las tinieblas para esquivar las zanjas o llegar al baño. Ellos, los lectores, son siempre los que dicen la última, definitiva palabra después de la verborragia crítica que se adhiere a las primeras ediciones.

Esto no es un ensayo crítico —sería incapaz de hacerlo seriamente—, sino una simple semblanza, muy breve en realidad si la comparo con lo que recuerdo ahora mismo, esta noche de mayo en un lugar que ustedes no conocen y se

13

llama Montevideo. Una semblanza de un tipo llamado Roberto Arlt, destinado a escribir.

Y el destino, supongo, sabe lo que hace. Porque el pobre hombre se defendió inventando medias irrompibles, rosas eternas, motores de superexplosión, gases para concluir con una ciudad.

Pero fracasó siempre y tal vez de ahí irrumpieran en este libro metáforas industriales, químicas, geométricas. Me consta que tuvo fe y que trabajó en sus fantasías con seriedad y métodos germanos.

Pero había nacido para escribir sus desdichas infantiles, adolescentes, adultas. Lo hizo con rabia y con genio, cosas que le sobraban.

Todo Buenos Aires, por lo menos, leyó este libro. Los intelectuales interrumpieron los dry martinis para encoger los hombros y rezongar piadosamente que Arlt no sabía escribir. No sabía, es cierto, y desdeñaba el idioma de los mandarines; pero sí dominaba la lengua y los problemas de millones de argentinos, incapaces de comentarlo en artículos literarios, capaces de comprenderlo y sentirlo como amigo que acude —hosco, silencioso o cínico— en la hora de la angustia.

Arlt nació y soportó la infancia en ese límite filo que los estadígrafos de todos los gobiernos de este mundo llaman miseria-pobreza; soportó a un padre de sangre aria pura que le decía, a cada travesura: mañana a las seis te voy a dar una paliza. Arlt trató de contarnos, y tal vez pudo hacerlo en su primera novela, los insomnios en que miraba la negrura de una pequeña ventana, viendo el anuncio de la mañana inplacable.

Supe que leyó Dostoyevski en miserables ediciones argentinas de su época. *Humillados y ofendidos,* sin duda alguna. Después descubrió *Rocambole* y creyó. Era, literariamente, un asombroso semianalfabeto. Nunca plagió a nadie; robó sin darse cuenta.

Sin embargo, yo persisto, era un genio. Y, antes del final, una observación: por si todavía quedan lombrosianos es justo decir que los huesos frontales del genio muestran una protuberancia en el entrecejo. En Roberto Arlt el rasgo era muy notable; yo no lo tengo.

Y ahora, por desgracia, reaparece la palabra «desconcertante». Pero, ya que está expuesta, vamos a mirarla de cerca. Como viejos admiradores de Arlt, como antiguos charlatanes y discutidores, hemos comprobado que las objeciones de los más cultos sobre la obra de Roberto Arlt son difíciles de rebatir. Ni siquiera el afán de ganar una polémica durante algunos minutos me permitió nunca decir que no a los numerosos cargos que tuve que escuchar y que sin embargo, curiosamente, nadie se atreve a publicar. Vamos a elegir los más contundentes, los más definitivos en apariencia.

1) Roberto Arlt tradujo a Dostoyevski al lunfardo. La novela que integran *Los siete locos* y *Los lanzallamas* nació de *Los demonios*. No sólo el tema, sino también situaciones y personajes. María Timofoyevna Lebiádkikna, «la coja», es fácil de reconocer; se llama aquí Hipólita; Stavroguin es reconstruido con el Astrólogo; y otros; el diablo, puntualmente se le aparece tantas veces a Erdosain como a Iván Karamázov.

2) La obra de Arlt puede ser un ejemplo de carencia de autocrítica. De sus nueve cuentos recogidos en libro, este lector envidia dos: *Las fieras, Ester Primavera* y desprecia el resto.

3) Su estilo es con frecuencia enemigo personal de la gramática.

4) Las «Aguafuertes porteñas» son, en su mayoría, perfectamente desdeñables.

Las objeciones siguen pero éstas son las principales y bastan.

Los anteriores cuatro argumentos del abogado del diablo son, repetimos, irrebatibles. Seguimos profunda, definitivamente convencidos de que si algún habitante de estas humildes playas logró acercarse a la genialidad literaria, llevaba por nombre el de Roberto Arlt. No hemos podido nunca demostrarlo. Nos ha sido imposible abrir un libro suyo y dar a leer el capítulo o la página o la frase capaces de convencer al contradictor. Desarmados, hemos preferido creer que la suerte nos había provisto, por lo menos, de la facultad de la intuición literaria. Y este don no puede ser transmitido.

Hablo de arte y de un gran, extraño artista. En este terreno, poco pueden moverse los gramáticos, los estetas, los profesores. O, mejor dicho, pueden moverse mucho pero no avanzar. El tema de Arlt era el del hombre desesperado, del hombre que sabe —o inventa— que sólo una delgada o invencible pared nos está separando a todos de la felicidad indudable, que comprende que «es inútil que progrese la ciencia si continuamos manteniendo duro y agrio el corazón como era el de los seres humanos hace mil años».

Hablo de un escritor que comprendió como nadie la ciudad en que le tocó nacer. Más profundamente, quizá, que los que escribieron música y letra de tangos inmortales. Hablo de un novelista que será mucho mayor de aquí que pasen los años —a esta carta se puede apostar— y que, incomprensiblemente, es casi desconocido en el mundo.

Dedicado a catequizar, distribuí libros de Roberto Arlt. Alguno fue devuelto después de haber señalado con lápiz, sin distracciones, todos los errores ortográficos, todos los torbellinos de la sintaxis. Quien cumplió la tarea tiene razón. Pero siempre hay compensaciones; no nos escribirá nunca nada equivalente a *La agonía del rufián melancólico*, a *El humillado* o a *Haffner cae*.

No nos dirá nunca, de manera torpe, genial y convincente, que nacer significa la aceptación de un pacto monstruoso y que, sin embargo, estar vivo es la única verdadera maravilla posible. Y tampoco nos dirá que, absurdamente, más vale persistir.

Y, en otro plano del arltismo: ¿quién nos va a reproducir la mejilla pensativa, el perfil desgraciado y cínico de Roberto Arlt en el sucio boliche bonaerense de Río de Janeiro y Rivadavia, cuando se llamaba Erdosain?

Capítulo Primero
LOS LADRONES

Cuando tenía catorce años me inició en los deleites y afanes de la literatura bandoleresca un viejo zapatero andaluz que tenía su comercio de remendón junto a una ferretería de fachada verde y blanca, en el zaguán de una casa antigua en la calle Rivadavia entre Sud América y Bolivia.

Decoraban el frente del cuchitril las policromas carátulas de los cuadernillos que narraban las aventuras de Montbars el Pirata y de Wenongo el Mohicano. Nosotros los muchachos al salir de la escuela nos deleitábamos observando los cromos que colgaban en la puerta, descoloridos por el sol.

A veces entrábamos a comprarle medio paquete de cigarrillos Barrilete, y el hombre renegaba de tener que dejar el banquillo para mercar con nosotros.

Era cargado de espaldas, carisumido y barbudo, y por añadidura algo cojo, una cojera extraña, el pie redondo como el casco de una mula con el talón vuelto hacia afuera.

Cada vez que le veía recordaba este proverbio, que mi madre acostumbraba a decir: «Guárdate de los señalados de Dios».

Solía echar algunos parrafitos conmigo, y en tanto escogía un descalabrado botín entre el revoltijo de hormas y rollos de cuero, me iniciaba con amarguras de fracasado en el conocimiento de los bandidos más famosos en las tierras de España, o me hacía la apología de un parroquiano rumboso a quien lustraba el calzado y que le favorecía con veinte centavos de propina.

Como era codicioso sonreía al evocar al cliente, y la sórdida sonrisa que no acertaba a hincharle los carrillos arrugábale el labio sobre sus negruzcos dientes.

Cobróme simpatía a pesar de ser un cascarrabias y por algunos cinco centavos de interés me alquilaba sus libracos adquiridos en largas suscripciones.

Así, entregándome la historia de la vida de Diego Corrientes, decía:

—Ezte chaval, hijo... ¡qué chaval!... era ma lindo que una rroza y lo mataron lo miguelete...

Temblaba de inflexiones broncas la voz del menestral:

—Ma lindo que una rroza... zi er tené mala zombra...

Recapacitaba luego:

—Figúrate tú... daba ar pobre lo que quitaba ar rico... tenía mujé en toos los cortijos... si era ma lindo que una rroza...

En la mansarda, apestando con olores de engrudo y de cuero, su voz despertaba un ensueño con montes reverdecidos. En las quebradas había zambras gitanas... todo un país montañero y rijoso aparecía ante mis ojos llamado por la evocación.

—Si era ma lindo que una rroza —y el cojo desfogaba su tristeza reblandeciendo la suela a martillazos encima de una plancha de hierro que apoyaba en las rodillas.

Después, encogiéndose de hombros como si desechara una idea inoportuna, escupía por el colmillo a un rincón, afilando con movimientos rápidos la lezna en la piedra.

Más tarde agregaba:

—Verá tú qué parte ma linda cuando lleguez a doña Inezita y ar ventorro der tío Pezuña —y observando que me llevaba el libro me gritaba a modo de advertencia:

—Cuidarlo, niño, que dineroz cuesta —y tornando a sus menesteres inclinaba la cabeza cubierta hasta las orejas de una gorra color ratón, hurgaba con los dedos mugrientos de cola en una caja, y llenándose la boca de clavillos continuaba haciendo con el martillo toc... toc... toc... toc...

Dicha literatura, que yo devoraba en las «entregas» numerosas, era la historia de José María, el Rayo de Andalucía, o las aventuras de Don Jaime el Barbudo y otros perillanes más o menos auténticos y pintorescos en los cromos que los representaban de esta forma:

Caballeros en potros estupendamente enjaezados, con renegridas chuletas en el sonrosado rostro, cubierta la colilla torera por un cordobés de siete reflejos y trabuco naranjero en el arzón. Por lo general ofrecían con magnánimo gesto una bolsa amarilla de dinero a una viuda con un infante en los brazos, detenida al pie de un altozano verde.

Entonces yo soñaba con ser bandido y estrangular corregidores libidinosos, enderezaría entuertos, protegería a las viudas y me amarían singulares doncellas.

Necesitaba un camarada en las aventuras de la primera edad, y éste fue Enrique Irzubeta.

Era el tal un pelafustán a quien siempre oí llamar por el edificante apodo de «el falsificador».

He aquí cómo se establece una reputación y cómo el prestigio secunda al principiante en el laudable arte de embaucar al profano.

Enrique tenía catorce años cuando engañó al fabricante de una fábrica de caramelos, lo que es una evidente prueba de que los dioses habían trazado cuál sería en el futuro el destino del amigo Enrique. Pero como los dioses son arteros de corazón, no me sorprende al escribir mis memorias enterarme de que Enrique se hospedaba en uno de esos hoteles que el Estado dispone para los audaces y bribones.

La verdad es ésta:

Cierto fabricante, para estimular la venta de sus productos, inició un concurso con opción a premios destinados a aquellos que presentaran una colección de banderas de las cuales se encontraba un ejemplar en la envoltura interior de cada caramelo.

Estribaba la dificultad (dado que escaseaba sobremanera) hallar la bandera de Nicaragua.

Estos certámenes absurdos, como se sabe, apasionan a los muchachos, que cobijados por un interés común, computan todos los días el resultado de esos trabajos y la marcha de sus pacientes indagaciones.

Entonces Enrique prometió a sus compañeros de barrio, ciertos aprendices de una carpintería y los hijos del tambero, que él falsificaría la bandera de Nicaragua siempre que uno de ellos se la facilitara.

El muchacho dudaba... vacilaba conociendo la reputación de Irzubeta, mas Enrique magnánimamente ofreció en rehenes dos volúmenes de la Historia de Francia, escrita por M. Guizot, para que no se pusiera en tela de juicio su probidad.

Así quedó cerrado el trato en la vereda de la

calle, una calle sin salida, con faroles pintados de verde en las esquinas, con pocas casas y largas tapias de ladrillo. En distantes bardales reposaba la celeste curva del cielo, y sólo entristecía la calleja el monótono rumor de una sierra sinfín o el mugido de las vacas en el tambo.

Más tarde supe que Enrique, usando tinta china y sangre, reprodujo la bandera de Nicaragua tan hábilmente, que el original no se distinguía de la copia.

Días después Irzubeta lucía un flamante fusil de aire comprimido que vendió a un ropavejero de la calle Reconquista. Esto sucedía por los tiempos en que el esforzado Bonnot y el valerosísimo Valet aterrorizaban a París.

Yo ya había leído los cuarenta y tantos tomos que el vizconde de Ponson du Terrail escribiera acerca del hijo adoptivo de mamá Fipart, el admirable Rocambole, y aspiraba a ser un bandido de la alta escuela.

Bien: un día estival, en el sórdido almacén del barrio, conocí a Irzubeta.

La calurosa hora de la siesta pesaba en las calles, y yo sentado en una barrica de yerba, discutía con Hipólito, que aprovechaba los sueños de su padre para fabricar aeroplanos con armadura de bambú. Hipólito quería ser aviador, «pero debía resolver antes el problema de la estabilidad espontánea». En otros tiempos le preocupó la solución del movimiento continuo y solía consultarme acerca del resultado posible de sus cavilaciones.

Hipólito, de codos en un periódico manchado de tocino, entre una fiambrera con quesos y las varillas coloradas de «la caja», escuchaba atentísimamente mi tesis:

—El mecanismo de un «reló» no sirve para la hélice. Ponle un motorcito eléctrico y las pilas secas en el «fuselaje».

—Entonces, como los submarinos...

—¿Qué submarinos? El único peligro está en que la corriente te queme el motor, pero el aeroplano va a ir más sereno y antes de que se te descarguen las pilas va a pasar un buen rato.

—Che, ¿y con la telegrafía sin hilos no puede marchar el motor? Vos tendrías que estudiarte ese invento. ¿Sabés que sería lindo?

En aquel instante entró Enrique.

—Che, Hipólito, dice mamá si querés darme medio kilo de azúcar hasta más tarde.

—No puedo, che; el viejo me dijo que hasta que no arreglen la libreta...

Enrique frunció ligeramente el ceño.

—¡Me extraña, Hipólito...!

Hipólito agregó, conciliador:

—Si por mí fuera, ya sabés..., pero es el viejo, che —y señalándome, satisfecho de poder desviar el tema de la conversación, agregó, dirigiéndose a Enrique:

—Che, ¿no lo conocés a Silvio? Este es el del cañón.

El semblante de Irzubeta se iluminó deferente.

—Ah, ¿es usted? Lo felicito. El bostero del tambo me dijo que tiraba como un Krupp...

En tanto hablaba, le observé.

Era alto y enjuto. Sobre la abombada frente, manchada de pecas, los lustrosos cabellos negros se ondulaban señorilmente. Tenía los ojos de color tabaco, ligeramente oblicuos, y vestía traje marrón adaptado a su figura por manos poco hábiles en labores sastreriles.

Se apoyó en la pestaña del mostrador, posando la barba en la palma de la mano. Parecía reflexionar.

Sonada aventura fue la de mi cañón y grato me es recordarla.

A ciertos peones de una compañía de electricidad les compré un tubo de hierro y varias libras de plomo. Con esos elementos fabriqué lo que yo llamaba una culebrina o «bombarda». Procedí de esta forma:

En un molde hexagonal de madera, tapizado interiormente de barro, introduje el tubo de hierro. El espacio entre ambas caras interiores iba rellenado de plomo fundido. Después de romper la envoltura, desbasté el bloque con una lima gruesa, fijando al cañón por medio de sunchos de hojalata en una cureña fabricada con las tablas más gruesas de un cajón de kerosene.

Mi culebrina era hermosa. Cargaba proyectiles de dos pulgadas de diámetro, cuya carga colocaba en sacos de bramante llenos de pólvora.

Acariciando mi pequeño monstruo, yo pensaba:

—Este cañón puede matar, este cañón puede destruir —y la convicción de haber creado un peligro obediente y mortal me enajenaba de alegría.

Admirados lo examinaron los muchachos de la vecindad, y ello les evidenció mi superioridad intelectual, que desde entonces prevaleció en las expediciones organizadas para ir a robar fruta o descubrir tesoros enterrados en los despoblados que estaban más allá del arroyo Maldonado en la parroquia de San José de Flores.

El día que ensayamos el cañón fue famoso. Entre un macizo de cina-cina que había en un enorme potrero en la calle Avellaneda antes de llegar a San Eduardo, hicimos el experimento. Un círculo de muchachos me rodeaba mientras yo, ficticiamente enardecido, cargaba la culebrina por la boca. Luego, para comprobar sus virtudes balísticas, dirigimos la puntería al depósito de zinc que sobre la muralla de una carpintería próxima la abastecía de agua.

Emocionado acerqué un fósforo a la mecha; una llamita oscura cabrilleó bajo el sol y de pronto un estampido terrible nos envolvió en una nauseabunda neblina de humo blanco. Por un instante permanecimos alelados de maravilla: nos parecía que en aquel momento habíamos descubierto un nuevo continente, o que por magia nos encontrábamos convertidos en dueños de la tierra. De pronto, alguien gritó:

—¡Rajemos! ¡La cana!

No hubo tiempo material para hacer una retirada honrosa. Dos vigilantes a todo correr se acercaban, dudamos... y súbitamente a grandes saltos huimos, abandonando la «bombarda» al enemigo.

Enrique terminó por decir:

—Che, si usted necesita datos científicos para sus cosas, yo tengo en casa una colección de revistas que se llaman «Alrededor del mundo» y se las puedo prestar.

Desde ese día hasta la noche del gran peligro, nuestra amistad fue comparable a la de Orestes y Pílades.

¡Qué nuevo mundo pintoresco descubrí en la casa de la familia Irzubeta!

¡Gente memorable! Tres varones y dos hembras, y la casa regida por la madre, una señora de color de sal con pimienta, de ojillos de pescado y larga nariz inquisidora, y la abuela encorvada, sorda y negruzca como un árbol tostado por el fuego.

A excepción de un ausente, que era el oficial de policía, en aquella covacha taciturna todos holgaban con vagancia dulce, con ocios que se paseaban de las novelas de Dumas al reconfortante suelo de las siestas y al amable chismorreo del atardecer.

Las inquietudes sobrevenían al comenzar el mes. Se trataba entonces de disuadir a los acreedores, de engatusar a los «gallegos de mierda», de calmar el coraje de la gente plebeya que sin tacto alguno vociferaba a la puerta cancel reclamando el pago de las mercaderías, ingenuamente dadas a crédito.

El propietario de la covacha era un alsaciano gordo, llamado Grenuillet. Reumático, setentón y neurasténico, terminó por acostumbrarse a la irregularidad de los Irzubeta, que le pagaban los alquileres de vez en cuando. En otros tiempos había tratado inútilmente de desalojarlos de la propiedad, pero los Irzubeta eran parientes de jueces rancios y otras gentes de la misma calaña del partido conservador, por cuya razón se sabían inamovibles.

El alsaciano acabó por resignarse a la espera de un nuevo régimen político y la florida desvergüenza de aquellos bigardones llegaba al extremo de enviar a Enrique a solicitar del propietario entradas a favor para entrar en el Casino, donde el hombre tenía un hijo que desempeñaba el cargo de portero.

¡Ah! Y qué sabrosísimos comentarios, qué cristianas reflexiones se podían escuchar de las comadres que en conciliábulo en la carnicería del barrio, comentaban piadosamente la existencia de sus vecinos.

Decía la madre de una niña feísima, refiriéndose a uno de los jóvenes Irzubeta, que en un arranque de rijosidad habíale mostrado sus partes pudendas a la doncella:

—Vea, señora, que yo no lo agarre, porque va a ser peor que si le pisara un tren.

Decía la madre de Hipólito, mujer gorda, de rostro blanquísimo, y siempre embarazada, tomando de un brazo al carnicero:

—Le aconsejo, don Segundo, que no les fíe ni en broma. A nosotros nos tienen metido un clavo que no le digo nada.

—Pierda cuidado, pierda cuidado —rezongaba austeramente el hombre membrudo, esgrimiendo su enorme cuchillo en torno de un bofe.

¡Ah!, y eran muy joviales los Irzubeta. Dígalo si no, el panadero que tuvo la audacia de indignarse por la morosidad de sus acreedores.

Reñía el tal a la puerta con una de las niñas, cuando quiso la mala suerte que lo escuchara el oficial inspector, casualmente de visita en la casa.

Este, acostumbrado a dirimir toda cuestión a puntapiés, irritado por la insolencia que representaba el hecho de que el panadero quisiera cobrar lo que se le debía, expulsólo a puñetazos de la puerta. Esto no dejó de ser una saludable lección de crianza y muchos prefirieron no cobrar. En fin, la vida encarada por aquella familia era más jocosa que un sainete bufo.

Las doncellas, mayores de veintiséis años y sin novio, se deleitaban en Chateaubriand, languidecían en Lamartine y Cherbuliez. Esto les hacía abrigar la convicción de que formaban parte de una «élite» intelectual y por tal motivo designaban a la gente pobre con el adjetivo de chusma.

Chusma llamaban al almacenero que pretendía cobrar sus habichuelas, chusma a la tendera a quien habían sonsacado unos metros de puntillas, chusma al carnicero que bramaba de coraje cuando por entre los postigos, a regañadientes, se le gritaba que «el mes que viene sin falta se le pagaría».

Los tres hermanos, cabelludos y flacos, prez de vagos, durante el día tomaban abundantes baños de sol y al oscurecer se trajeaban con el fin de ir a granjear amoríos entre las perdularias del arrabal.

Las dos ancianas beatas y gruñidoras reñían a cada momento por bagatelas, o sentadas en rueda en la sala vetusta con las hijas espiaban tras los visillos, entretejían chismes; y como descendían de un oficial que militara en el ejército de Napoleón I, muchas veces en la penumbra que idealizaba sus semblantes exangües, las escuché soñando en mitos imperialistas, evocando añejos resplandores de nobleza, en tanto que en la solitaria acera el farolero con su pértiga coronada de una llama violeta, encendía el farol verde del gas.

Como no disfrutaban de medios para mantener criada y como ninguna sirvienta tampoco hubiera podido soportar los bríos faunescos de los tres golfos cabelludos y los malos humores de las quisquillosas doncellas y los caprichos de las brujas dentudas, Enrique era el correveidile necesario para el buen funcionamiento de aquella coja máquina económica, y tan acostumbrado estaba a pedir a crédito, que su descaro en ese sentido era inaudito y ejemplar. En su elogio puede decirse que un bronce era más susceptible de vergüenza que su fino rostro.

Las dilatadas horas libres, Irzubeta las entretenía dibujando, habilidad para la que no carecía de ingenio y delicadeza, lo que no dejó de ser un buen argumento para comprobar que siempre han existido pelafustanes con aptitudes estéticas. Como yo no tenía nada que hacer, estaba frecuentemente en su casa, cosa que no agradaba a las dignas ancianas, de quienes no se me daba un ardite.

De esta unión con Enrique, de las prolongadas conversaciones acerca de los bandidos y latrocinios, nos nació una singular predisposición para ejecutar barrabasadas, y un deseo infinito de inmortalizarnos con el nombre de delincuentes.

Decíame Enrique con motivo de una expulsión de «apaches» emigrados de Francia a Buenos Aires, y que Soiza Reilly había reporteado, acompañando el artículo de elocuentes fotografías:

—El Presidente de la República tiene cuatro «apaches» que le cuidan las espaldas.

Yo me reía.

—Dejate de macanear.

—Cierto, te digo, y son así —y abría los brazos como un crucificado para darme una idea de la capacidad torácica de los facinerosos de marras.

No recuerdo por medio de qué sutilezas y sinrazones llegamos a convencernos de que robar era acción meritoria y bella; pero sí sé que de mutuo acuerdo, resolvimos organizar un club de ladrones, del que por el momento nosotros sólo éramos afiliados.

Más adelante veríamos... Y para iniciarnos dignamente decidimos comenzar nuestra carrera desvalijando las casas deshabitadas. Esto sucedía así:

Después de almorzar, a la hora en que las calles están desiertas, discretamente trajeados salimos a recorrer las calles de Flores o Caballito.

Nuestras herramientas de trabajo eran:

Una pequeña llave inglesa, un destornillador y algunos periódicos para empaquetar lo hurtado.

Donde un cartel anunciaba una propiedad en alquiler, nos dirigíamos a solicitar referencias, compuestos los modales y compungido el rostro. Parecíamos los monaguillos de Caco.

Una vez que nos habían facilitado las llaves, con objeto de conocer las condiciones de habitabilidad de las casas en alquiler, salíamos presurosos.

Aún no he olvidado la alegría que experimentaba al abrir las puertas. Entrábamos violentamente; ávidos de botín recorríamos las habitaciones tasando de rápidas miradas la cantidad de lo robable.

Si había instalación de luz eléctrica, arrancábamos los cables, portalámparas y timbres, las lámparas y los conmutadores, las arañas, las tulipas y las pilas; del cuarto de baño, por ser niqueladas, las canillas y las de la pileta por ser de bronce, y no nos llevábamos puertas y ventanas para no convertirnos en mozos de cordel.

Trabajábamos instigados de cierta jovialidad dolorosa, un nudo de ansiedad detenido en la garganta, y con la presteza de los transformistas en las tablas, riéndonos sin motivo, temblando por nada.

Los cables colgaban en pingajos de los plafones desconchados por la brusquedad del esfuerzo; trozos de yeso y argamasa manchaban los pisos polvorientos; en la cocina los caños de plomo deshilachaban un interminable reguero de agua, y en pocos segundos teníamos la habilidad de disponer la vivienda para una costosa reparación.

Después Irzubeta y yo entregábamos las llaves y con rápidos pasos desaparecíamos.

El lugar del reencuentro era siempre la trastienda de un plomero, cierto cromo de Cacaseno con cara de luna, crecido en años, vientre y cuernos, porque sabíase que toleraba con paciencia franciscana las infidelidades de su esposa.

Cuando indirectamente se le hacía reconocer su condición, él replicaba con mansedumbre pascual que su esposa padecía de los nervios, y ante argumento de tal solidez científica, no cabía sino el silencio.

Sin embargo, para sus intereses era un águila.

El patizambo revisaba meticulosamente nuestro hatillo, sopesaba los cables, probaba las lámparas con objeto de verificar si estaban quemados los filamentos, oliscaba las canillas y con paciencia desesperante calculaba y descalculaba, hasta terminar por ofrecernos la décima parte de lo que valía lo robado a precio de costo.

Si discutíamos o nos indignábamos, el buen hombre levantaba las pupilas bovinas, su cara redonda sonreía con socarronería, y sin dejarnos replicar, dándonos festivas palmaditas en las espaldas, nos ponía en la puerta de la calle con la mayor gracia del mundo y el dinero en la palma de la mano.

Pero no se vaya a creer que circunscribíamos nuestras hazañas sólo a las casas desalquiladas. ¡Quiénes como nosotros para el ejercicio de la garra!

Avizorábamos continuamente las cosas ajenas. En las manos teníamos una prontitud fabulosa, en la pupila la presteza de ave de rapiña. Sin apresurarnos y con la rapidez con que cae un jerifalte sobre cándida paloma, caíamos nosotros sobre lo que no nos pertenecía.

Si entrábamos en un café y en una mesa había un cubierto olvidado o una azucarera y el camarero se distraía, hurtábamos ambas; y ya en los mostradores de cocina o en cualquier otro recoveco, encontrábamos lo que creíamos necesario para nuestro común beneficio.

No perdonábamos taza ni plato, cuchillos ni bolas de billar, y bien claro recuerdo que una noche de lluvia, en un café muy concurrido, Enrique se llevó bonitamente un gabán y otra noche yo un bastón con puño de oro.

Nuestros ojos giraban como bolas y se abrían como platos investigando su provecho, y en cuanto distinguíamos lo apetecido, allí estábamos sonrientes, despreocupados y dicharacheros, los dedos prontos y la mirada bien escudriñadora, para no dar golpe en falso como rateros de tres al cuarto.

En los comercios ejercíamos también esa limpia habilidad, y era de ver y no creer como engatusábamos a los mozuelos que atienden el mostrador en tanto que el amo duerme la siesta.

Con un pretexto u otro, Enrique llevaba el muchacho a la vidriera de la calle, para que le cotizara precio de ciertos artículos, y si no había gente en el despacho yo prontamente abría una vitrina y me llenaba los bolsillos de cajas de lápices, tinteros artísticos, y sólo una vez pudimos sangrar de su dinero a un cajón sin timbre de alarma, y otra vez en una armería llevamos un cartón con una docena de cortaplumas de acero dorado y cabo de nácar.

Cuando durante el día no habíamos podido hacernos con nada, estábamos cariacontecidos, tristes de nuestra torpeza, desengañados de nuestro porvenir.

Entonces rondábamos malhumorados, hasta que se ofrecía algo en que desquitarnos.

Mas cuando el negocio estaba en auge y las monedas eran reemplazadas por los sabrosos pesos, esperábamos a una tarde de lluvia y salíamos en automóvil. ¡Qué voluptuosidad entonces recorrer entre cortinas de agua las calles de la ciudad! Nos repantigábamos en los almohadones mullidos, encendíamos un cigarrillo, dejando atrás las gentes apuradas bajo la lluvia, nos imaginábamos que vivíamos en París, o en la brumosa Londres. Soñábamos en silencio, la sonrisa posada en el labio condescendiente.

Después, en una confitería lujosa, tomábamos chocolate con vainilla, y saciados regresábamos en el tren de la tarde, duplicadas las energías por la satisfacción del goce proporcionado al cuerpo voluptuoso, por el dinamismo de todo lo circundante que con sus rumores de hierro gritaba en nuestras orejas:

¡Adelante, adelante!

Decía yo a Enrique cierto día:

—Tenemos que formar una verdadera sociedad de muchachos inteligentes.

—La dificultad está en que pocos se nos parecen —argüía Enrique.

—Sí, tenés razón; pero no han de faltar.

Pocas semanas después de hablado esto, por diligencia de Enrique, se asoció a nosotros cierto Lucio, un majadero pequeño de cuerpo y lívido de tanto masturbarse, todo esto junto a una cara tan de sinvergüenza que movía a risa cuando se le miraba.

Vivía bajo la tutela de unas tías ancianas y devotas que en muy poco o en nada se ocupaban de él. Este badulaque tenía una ocupación favorita orgánica, y era comunicar las cosas más vulgares adoptando precauciones como si se tratara de tremebundos secretos. Esto lo hacía mirando de través y moviendo los brazos a semejanza de ciertos artistas de cinematógrafo que actúan de granujas en barrios de murallas grises.

—De poco nos servirá este energúmeno —dije a Enrique; mas como aportaba el entusiasmo del neófito a la reciente cofradía, su decisión entusiasta, ratificada por un gesto rocambolesco, nos esperanzó.

Como es de rigor no podíamos carecer de local donde reunirnos y le denominamos, a propuesta de Lucio, que fue aceptada unánimemente, el «Club de los Caballeros de la Media Noche».

Dicho club estaba en los fondos de la casa de Enrique, frente a una letrineja de muros negruzcos y revoques desconchados, y consistía en una estrecha pieza de madera polvorienta, de cuyo techo de tablas pendían largas telas de araña. Arrojados por los rincones había montones de títeres inválidos y despintados, herencia de un titiritero fracasado amigo de los Irzubeta, cajas diversas con soldados de plomo atrozmente mutilados, hediondos bultos de ropa sucia y cajones atiborrados de revistas viejas y periódicos.

La puerta del cuchitril se abría a un patio oscuro de ladrillos resquebrajados, que en los días lluviosos rezumaban fango.

—¿No hay nadie, che?

Enrique cerró el enclenque postigo por cuyos vidrios rotos se veían grandes rulos de nubes de estaño.

—Están adentro charlando.

Nos ubicamos lo más buenamente posible. Lucio ofreció cigarrillos egipcios, formidable novedad para nosotros, y con donaire encendió la cerilla en la suela de su zapato. Dijo después:

—Vamos a leer el Diario de Sesiones.

Para que nada faltara en el susodicho club, había también un Diario de Sesiones en el que se consignaban los proyectos de los asociados, y también un sello, un sello rectangular que Enrique fabricó con un corcho y en el que se podía apreciar el emocionante espectáculo de un corazón perforado por tres puñales.

Dicho diario se llevaba por turno, el final de cada acta era firmado, y cada rúbrica llevaba su sello correspondiente.

Allí podían leerse cosas como las que siguen:

Propuesta de Lucio. — Para robar en el futuro sin necesidad de ganzúa, es conveniente sacar en cera virgen los modelos de las llaves de todas las casas que se visiten.

Propuesta de Enrique. — También se hará un plano de la casa de donde se saque prueba de llaves. Dichos planos se archivarán con los documentos secretos de la Orden y tendrán que mencionar todas las particularidades del edificio para mayor comodidad del que tenga que operar.

Acuerdo general de la Orden. — Se nombra dibujante y falsificador del Club al socio Enrique.

Propuesta de Silvio. — Para introducir nitroglicerina en un presidio, tómese un huevo, sáquese la clara y la yema y por medio de una jeringa se le inyecta el explosivo.

Si los ácidos de la nitroglicerina destruyen la

cáscara del huevo, fabríquese con algodón pólvora una camiseta. Nadie sospechará que la inofensiva camiseta es una carga explosiva.

Propuesta de Enrique. — El Club debe contar con una biblioteca de obras científicas para que sus cofrades puedan robar y matar de acuerdo a los más modernos procedimientos industriales. Además, después de pertenecer tres meses al Club, cada socio está obligado a tener una pistola Browning, guantes de goma y 100 gramos de cloroformo. El químico oficial del Club será el socio Silvio.

Propuesta de Lucio. — Todas las balas deberán estar envenenadas con ácido prúsico y se probará su poder tóxico cortándole de un tiro la cola a un perro. El perro tiene que morir en diez minutos.

—Che, Silvio.

—¿Qué hay? —dijo Enrique.

—Pensaba una cosa. Habría que organizar clubes en todos los pueblos de la República.

—No, lo principal —interrumpí yo— está en ponernos prácticos para actuar mañana. No importa ahora ocuparnos de macanitas.

Lucio acercó un bulto de ropa sucia que le servía de otomana. Proseguí:

—El aprendizaje de ratero tiene esta ventaja: darle sangre fría a uno, que es lo más necesario para el oficio. Además, la práctica del peligro contribuye a formarnos hábitos de prudencia.

Dijo Enrique:

—Dejémonos de retóricas y vamos a tratar un caso interesante. Aquí, en el fondo de la carnicería (la pared de la casa de Irzubeta era medianera respecto a dicho fondo) hay un gringo que todas las noches guarda el auto y se va a dormir a una piecita que alquila en un caserón de la calle Zamudio. ¿Qué te parece, Silvio, que le evaporemos el magneto y la bocina?

—¿Sabés que es grave?

—No hay peligro, che. Saltamos por la tapia. El carnicero duerme como una piedra. Eso sí, hay que ponerse guantes.

—¿Y el perro?

—¿Y para qué lo conozco yo al perro?

—Me parece que se va a armar una bronca.

—¿Qué te parece, Silvio?

—Pero date cuenta que sacamos más de cien mangos por el magneto.

—El negocio es lindo, pero vidrioso.

—¿Te decidís, vos, Lucio?

—¿La prensa?... y claro... me pongo los pantalones viejos, no se me rompa el «jetra»... (1)

—¿Y vos, Silvio?

—Yo rajo en cuanto la vieja duerma.

—¿Y a qué hora nos encontramos?

—Mira, che, Enrique. El negocio no me gusta.

_____

(1) Traje.

—¿Por qué?

—No me gusta. Van a sospechar de nosotros. Los fondos... El perro que no ladra... si a mano viene dejamos rastros..., no me gusta. Ya sabés que no le hago ascos a nada, pero no me gusta. Es demasiado cerca y la «yuta» (2) tiene olfato.

—Entonces no se hace.

Sonreímos como si acabáramos de sortear un peligro.

Así vivíamos días de sin par emoción, gozando el dinero de los latrocinios, aquel dinero que tenía para nosotros un valor especial y hasta parecía hablarnos con expresivo lenguaje.

Los billetes de banco parecían más significativos con sus imágenes coloreadas, las monedas de níquel tintineaban alegremente en las manos que jugaban con ellas juegos malabares. Sí, el dinero adquirido a fuerza de trapacerías se nos fingía mucho más valioso y sutil, impresionaba en una representación de valor máximo, parecía que susurraba en las orejas un elogio sonriente y una picardía incitante. No era dinero vil y odioso que se abomina porque hay que ganarlo con trabajos penosos, sino dinero agilísimo, una esfera de plata con dos piernas de gnomo y barba de enano,

(2) Policía secreta.

un dinero truhanesco, y bailarín, cuyo aroma como el vino generoso arrastraba a divinas francachelas.

Nuestras pupilas estaban limpias de inquietud, osaría decir que nos nimbaba la frente un halo de soberbia y audacia. Soberbia de saber que al conocerse nuestras acciones hubiéramos sido conducidos ante un juez de instrucción.

Sentados en torno de la mesa de un café, a veces departíamos:

—¿Qué harías vos ante el Juez del Crimen?

—Yo —respondía Enrique— le hablaría de Darwin y de Le Dantec (Enrique era ateo).

—¿Y vos, Silvio?

—Negar siempre, aunque me cortaran el pescuezo.

—¿Y la goma?

Nos mirábamos espantados. Teníamos horror de la «goma», ese bastón que no deja señal visible en la carne; el bastón de goma con que se castiga el cuerpo de los ladrones en el Departamento de Policía cuando son tardíos en confesar sus delitos.

Con ira mal reprimida, respondí:

—A mí no me cachan. Antes matar.

Cuando pronunciábamos esta palabra los nervios del rostro distendíanse, los ojos permanecían inmóviles, fijos en una ilusoria hecatombe distante, y las ventanillas de la nariz se dilataban aspirando el olor de la pólvora y de la sangre.

—Por eso hay que envenenar las balas —repuso Lucio.

—Y fabricar bombas —continué—. Nada de lástima. Hay que reventarlos, aterrorizar a la «cana». En cuanto estén descuidados, balas... A los jueces, mandarles bombas por correo.

Así conversábamos en torno de la mesa del café, sombríos y gozosos de nuestra impunidad ante la gente, ante la gente que no sabía que éramos ladrones, y un espanto delicioso nos apretaba el corazón al pensar con qué ojos nos mirarían las nuevas doncellas que pasaban, si supieran que nosotros, tan atildados y jóvenes, éramos ladrones... ¡Ladrones!

Próximamente a las doce de la noche me reuní en un café con Enrique y Lucio a ultimar los detalles de un robo que pensábamos efectuar.

Escogiendo el rincón más solitario, ocupamos una mesa junto a una vidriera.

Menuda lluvia picoteaba el cristal en tanto la orquesta desgarraba la postrera brama de un tango carcelario.

—¿Estás seguro, Lucio, de que los porteros no están?

—Segurísimo. Ahora hay vacaciones y cada uno tira por un lado.

Tratábamos nada menos que de despojar la biblioteca de una escuela.

Enrique, pensativo, apoyó la mejilla en una mano. La visera de la gorra le sombreaba los ojos. Yo estaba inquieto.

Lucio miraba en torno con la satisfacción de un hombre para quien la vida es amable. Para convencerme de que no existía ningún peligro, frunció los superciliares y confidencialmente me comunicó por décima vez:

—Yo sé el camino. ¿Qué te preocupás? No hay más que saltar la verja que da a la calle y al patio. Los porteros duermen en una sala separada del tercer piso. La biblioteca está en el segundo y al lado opuesto.

—El asunto es fácil, eso es de cajón —dijo Enrique—, el negocio sería bonito si uno pudiera llevarse el Diccionario Enciclopédico.

—¿Y en qué llevamos veintiocho tomos? Estás loco vos...., a menos que llames a un carro de mudanzas.

Pasaron algunos coches con la capota desplegada y la alta claridad de los arcos voltaicos, cayendo sobre los árboles, proyectaba en el firmamento largas manchas temblorosas. El mozo nos sirvió café. Continuaban desocupadas las mesas en redor, los músicos charlaban en el palco, y del salón de billares llegaba el ruido de tacos con que algunos entusiastas aplaudían una carambola complicadísima.

—¿Vamos a jugar un tute arrastrado?

—Déjate de tute, hombre.

—Parece que llueve.

—Mejor —dijo Enrique—. Estas noches agradaban a Montparnasse y a Tenardhier. Tenardhier decía: Más hizo Juan Jacobo Rousseau. Era un ranún el Tenardhier ese, y esa parte del caló es formidable.

—¿Llueve todavía?

Volví los ojos a la plazoleta.

El agua caía oblicuamente, y entre dos hileras de árboles el viento la ondulaba en un cortinado gris.

Mirando el verdor de los ramojos y follajes iluminados por la claridad de plata de los arcos voltaicos, sentí, tuve una visión en parques estremecidos en una noche de verano, por el rumor de las fiestas plebeyas y de los cohetes rojos reventando en lo azul. Esa evocación inconsciente me entristeció.

De aquella última noche azarosa conservo lúcida memoria.

Los músicos desgarraron una pieza que en la pizarra tenía el nombre de «Kiss-me»...

En el ambiente vulgar, la melodía onduló en ritmo trágico y lejano. Diría que era la voz de un coro de emigrantes pobres en la sentina de un trasatlántico mientras el sol se hundía en las pesadas aguas verdes.

Recuerdo cómo me llamó la atención el perfil

de un violinista de cabeza socrática y calva resplandeciente. En su nariz cabalgaban anteojos de cristales ahumados y se reconocía el esfuerzo de aquellos ojos cubiertos, por la forzada inclinación del cuello sobre el atril.

Lucio me preguntó:

—¿Seguís con Eleonora?

—No, ya cortamos. No quiere ser más mi novia.

—¿Por qué?

—Porque sí.

La imagen adunada al langor de los violines me penetró con violencia. Era un llamado de mi otra voz, a la mirada de su rostro sereno y dulce. ¡Oh! cuánto me había extasiado de pena su sonrisa ahora distante, y desde la mesa, con palabras de espíritu, le hablé de esta manera, mientras gozaba una amargura más sabrosa que una voluptuosidad.

—¡Ah! si yo hubiera podido decirte lo que te quería, así con la música de «Kiss-me»... disuadirte con este llanto... entonces quizá... pero ella me ha querido también... ¿no es verdad que me quisiste, Eleonora?

—Dejó de llover... Salgamos.

—Vamos.

Enrique arrojó unas monedas en la mesa. Me preguntó:

—¿Tenés el revólver?

—Sí.

—¿No fallará?

—El otro día lo probé. La bala atravesó dos tablones de albañil.

Irzubeta agregó:

—Si va bien en ésta me compro una Browning; pero por las dudas traje un puño de fierro.

—¿Está despuntado?

—No, tiene cada púa que da miedo.

Un agente de policía cruzó el herbero de la plaza hacia nosotros.

Lucio exclamó en voz alta, lo suficiente para ser escuchado del polizonte:

—¡Es que el profesor de Geografía me tiene rabia, che, me tiene rabia!

Cruzada la diagonal de la plazoleta, nos encontramos frente a la muralla de la escuela, y allí notamos que comenzaba a llover otra vez.

Rodeaba el edificio esquinero una hilera de copudos plátanos, que hacía densísima la obscuridad en el triángulo. La lluvia musicalizaba un ruido singular en el follaje.

Alta verja mostraba sus dientes agudos uniendo los dos cuerpos del edificio, elevados y sombríos.

Caminando lentamente escudriñábamos en la sombra; después sin pronunciar palabra trepé por los barrotes, introduje un pie en el aro que eslabonaba cada dos lanzas y de un salto me precipité al patio, permaneciendo algunos segundos en la posición de caído, esto es, en cuclillas, inmóviles los ojos, tocando con las yemas de los dedos las baldosas mojadas.

—No hay nadie, che —susurró Enrique, que acababa de seguirme.

—Parece que no, ¿pero qué hace Lucio que no baja?

En las piedras de la calle escuchamos el choque acompasado de herraduras, después se oyó otro caballo al paso y en las tinieblas el ruido fue decreciendo.

Sobre las lanzas de hierro, Lucio asomó la cabeza. Apoyó el pie en un travesaño y se dejó caer con tal sutileza que en el mosaico apenas crujió la suela de su calzado.

—¿Quién pasó, che?

—Un oficial inspector y un vigilante. Yo me hice el que esperaba el «bondi» (1).

—Pongámonos los guantes, che.

—Cierto, con la emoción se me olvidaba.

—Y ahora, ¿adónde se va? Esto es más oscuro que...

—Por aquí...

Lucio ofició de guía, yo desenfundé el revólver y los tres nos dirigimos hacia el patio cubierto por la terraza del segundo piso.

En la oscuridad se distinguía inciertamente una columnata.

Súbitamente me estremeció la conciencia de una

(1) Tranvía.

supremacía tal sobre mis semejantes, que estrujando fraternalmente el brazo de Enrique, dije:

—Vamos muy despacio —e imprudentemente abandoné el paso mesurado, haciendo resonar el taco de mis botines.

En el perímetro del edificio, los pasos repercutieron multiplicados.

La certeza de una impunidad absoluta contagió de optimista firmeza a mis camaradas, y reímos con tan estridentes carcajadas, que desde la calle oscura nos ladró tres veces un perro errante.

Jubilosos de abochornar el peligro a bofetadas de coraje, hubiéramos querido secundarle con la claridad de una fanfarria y la estrepitosa alegría de un pandero, despertar a los hombres, para demostrar qué regocijo nos engrandece las almas cuando quebrantamos la ley y entramos sonriendo en el pecado.

Lucio, que marchaba encabezándonos, se volvió:

—Hago moción para asaltar el Banco de la Nación dentro de algunos días.

—Vos, Silvio, abrís las cajas con tu sistema de arco voltaico.

—Bonnot desde el infierno debe aplaudirnos —dijo Enrique.

—Vivan los apaches Lacombe y Valet —exclamé.

—Eureka —gritó Lucio.

—¿Qué te pasa?

El mancebo respondió:

—Ya está... ¿no te decía, Lucio? Si tienen que levantarte una estatua... ya está, ¿saben lo que es?

Nos agrupamos en torno a él.

—¿Se fijaron? ¿Te fijaste vos, Enrique, en la joyería que está al lado del cine Electra...? En serio, che; no te rías. La letrina del cine no tiene techo..., me acuerdo lo más bien; de allí podríamos subir a los techos de la joyería. Se sacan unas entradas a la noche y antes de que termine la función uno se escurre. Por el agujero de la llave se inyecta cloroformo con una pera de goma.

—Cierto, ¿sabes, Lucio, que será un golpe magnífico...? y quién iba a sospechar de unos muchachos. El proyecto hay que estudiarlo.

Encendí un cigarrillo, y al resplandor de la cerilla descubrí una escalera de mármol.

Nos lanzamos escaleras arriba.

Llegando al pasadizo, Lucio, con su linterna eléctrica iluminó el lugar, un paralelogramo restringido, prolongado a un costado por un oscuro pasillo. Clavado al marco de madera de la puerta había una chapa esmaltada cuyos caracteres rezaban: «Biblioteca».

Nos aproximamos a reconocerla. Era antigua y sus altas hojas, pintadas de verde, dejaban el intersticio de una pulgada entre los zócalos y el pavimento.

Por medio de una palanca se podía hacer saltar la cerradura de sus tornillos.

—Vamos primero a la terraza —dijo Enrique—. Las cornisas están llenas de lámparas eléctricas.

En el corredor encontramos una puerta que conducía a la terraza del segundo piso. Salimos. El agua chasqueaba en los mosaicos del patio, y junto a un alto muro alquitranado, el vívido resplandor de un relámpago descubrió una garita de madera, cuya puerta de tablas permanecía entreabierta.

A momentos la súbita claridad de un rayo descubría un lejano cielo violeta desnivelado de campanarios y techados. El alto muro alquitranado recortaba siniestramente, con su catadura carcelaria, lienzos de horizonte.

Penetramos a la garita. Lucio encendió otra vez su linterna.

En los rincones del cuartujo estaban amontonadas bolsas de aserrín, trapos de fregado, cepillos y escobas nuevas. El centro lo ocupaba una voluminosa cesta de mimbre.

—¿Qué habrá ahí dentro? —Lucio levantó la tapa.

—Bombas.

—¿A ver?

Codiciosos nos inclinamos hacia la rueda luminosa que proyectaba la linterna. Entre el aserrín brillaban cristalinas esfericidades de lámparas de filamento.

—¿No estarán quemadas?

—No, las habrían tirado —mas, para convencernos, diligente examiné los filamentos en su geometría. Estaban intactos.

Avidamente robábamos en silencio, llenando los bolsillos, y no pareciéndonos suficiente cogimos una bolsa de tela que también llenábamos de lámparas. Lucio, para evitar que tintinearan, cubrió los intersticios de aserrín.

En el vientre de Irzubeta el pantalón marcaba una protuberancia enorme. Tantas lámparas había ocultado allí.

—Miralo a Enrique, está preñado.

La chuscada nos hizo sonreír.

Prudentemente nos retiramos. Como lejanas campanillitas sonaban las peras de cristal.

Al detenernos frente a la Biblioteca, Enrique invitó:

—Mejor que entremos a buscar libros.

—¿Y con qué abrimos la puerta?

—Yo vi una barra de fierro en la piecita.

—¿Sabés que hacemos? Las lámparas las empaquetamos, y como la casa de Lucio es la que está más cerca, puede llevárselas.

El granuja barbotó:

—¡Mierda! Yo solo no salgo..., no quiero ir a dormir a la leonera.

¡La pecadora traza del granuja! Habíasele saltado el botón del cuello y su corbata verde se mantenía a medias sobre la camisa de pechera desgarrada. Añadid a esto una gorra con la visera sobre la nuca, la cara sucia y pálida, los puños de la camisa desdoblados en torno de los guantes, y tendréis la desfachatada estampa de ese festivo masturbador injertado en un conato de reventador de pisos.

Enrique, que terminaba de alinear sus lámparas, fue a buscar la barra de hierro.

Lucio rezongó:

—Qué rana es Enrique, ¿no te parece?, largarme de carnada a mí solo.

—No macaniés. De aquí a tu casa hay sólo tres cuadras. Bien podías ir y venir en cinco minutos.

—No me gusta.

—Ya sé que no te gusta..., no es ninguna novedad que sos puro aspamento.

—¿Y si me encuentra un «cana» (1)?

—Rajá; ¿para qué tenés piernas?

Sacudiéndose como un perro de aguas, entró Enrique.

—¿Y ahora?

—Dame, vas a ver.

Envolví el extremo de la palanca en un pañuelo, introduciéndola en el resquicio, mas reparé que en vez de presionar hacia el suelo debía de hacerlo en dirección contraria.

(1) Agente de policía.

Crujió la puerta y me detuve.

—Apretá un poco más —chistó Enrique.

Aumentó la presión y renovóse el alarmante chirrido.

—Dejame a mí.

El empuje de Enrique fue tan enérgico que el primitivo rechinamiento estalló en un estampido seco.

Enrique se detuvo y permanecimos inmóviles..., alelados.

—¡Qué bárbaro! —protestó Lucio.

Podíamos escuchar nuestras anhelantes respiraciones. Lucio involuntariamente apagó la linterna y esto, aunado al espanto primero, nos retuvo en la posición de acecho, sin el atrevimiento de un gesto, con las manos temblorosas y extendidas.

Los ojos taladraban esa oscuridad; parecían escuchar, recoger los sonidos insignificantes y postreros. Aguda hiperestesia parecía dilatarnos los oídos y permanecíamos como estatuas, entreabiertos los labios en la expectativa.

—¿Qué hacemos? —murmuró Lucio.

El miedo se quebrantó.

No sé qué inspiración me impulsó a decir a Lucio:

—Tomá el revólver y andate a vigilar la entrada de la escalera, pero abajo. Nosotros vamos a trabajar.

—¿Y las bombas quién las envuelve?

—¿Ahora te interesan las bombas? Andá, no te preocupés.

Y el gentil perdulario desapareció después de arrojar al aire el revólver y recogerlo en su vuelo con un cinematográfico gesto de apache.

Enrique abrió cautelosamente la puerta de la Biblioteca.

Se pobló la atmósfera de olor a papel viejo, y a la luz de la linterna vimos huir una araña por el piso encerado.

Altas estanterías barnizadas de rojo tocaban el cielo raso, y la cónica rueda de luz se movía en las oscuras librerías, iluminando estantes cargados de libros.

Majestuosas vitrinas añadían un decoro severo a lo sombrío, y tras de los cristales, en los lomos de cuero, de tela y de pasta, relucían las guardas arabescas y títulos dorados de los tejuelos.

Irzubeta se aproximó a los cristales.

Al soslayo le iluminaba la claridad refleja y como un bajorrelieve era su perfil de mejilla rechupada, con la pupila inmóvil y el cabello negro redondeando armoniosamente el cráneo hasta perderse en declive en los tendones de la nuca.

Al volver a mí sus ojos, dijo sonriendo:

—Sabés que hay buenos libros.

—Sí, y de fácil venta.

—¿Cuánto hará que estamos?

—Más o menos media hora.

Me senté en el ángulo de un escritorio distante

pocos pasos de la puerta, en el centro de la biblioteca, y Enrique me imitó. Estábamos fatigados. El silencio del salón oscuro penetraba nuestros espíritus, desplegándolos para los grandes espacios de recuerdo e inquietud.

—Decime, ¿por qué rompiste con Eleonora?

—Qué sé yo. ¿Te acordás? Me regalaba flores.

—¿Y?

—Después me escribió unas cartas. Cosa rara. Cuando dos se quieren parece adivinarse el pensamiento. Una tarde de domingo salió a dar la vuelta a la cuadra. No sé por qué yo hice lo mismo, pero en dirección contraria y cuando nos encontramos, sin mirarme alargó el brazo y me dio una carta. Tenía un vestido rosa té, y me acuerdo que muchos pájaros cantaban en lo verde.

—¿Qué te decía?

—Cosas tan sencillas. Que esperara... ¿Te das cuenta? Que esperara a ser más grande.

—Discreta.

—¡Y qué seriedad, che Enrique! Si vos supieras. Yo estaba allí, contra el fierro de la verja. Anochecía. Ella callaba... a momentos me miraba de una forma... y yo sentía ganas de llorar... y no nos decíamos nada..., ¿qué nos íbamos a decir?

—Así es la vida —dijo Enrique—, pero vamos a ver los libros. ¿Y el Lucio ese? A veces me da rabia. ¡Qué tipo vago!

—¿Dónde están las llaves?

Seguramente en el cajón de la mesa.

Registramos el escritorio, y en una caja de plumas las hallamos.

Rechinó una cerradura y comenzamos a investigar.

Sacando los volúmenes los hojeábamos, y Enrique, que era algo sabedor de precios decía:

—«No vale nada», o «vale».

—Las Montañas del Oro.

—Es un libro agotado. Diez pesos te los dan en cualquier parte.

—Evolución de la Materia, de Lebón. Tiene fotografías.

—Me la reservo para mí —dijo Enrique.

—Rouquete. Química Orgánica e Inorgánica.

—Ponelo acá con los otros.

—Cálculo infinitesimal.

—Eso es matemática superior. Debe de ser caro.

—¿Y esto?

—¿Cómo se llama?

—Charles Baudelaire. Su vida.

—A ver, alcanzá.

—Parece una bibliografía. No vale nada.

Al azar entreabría el volumen.

—Son versos.

—¿Qué dicen?

Leí en alta voz:

Yo te adoro al igual de la bóveda nocturna
¡oh! vaso de tristezas, ¡oh! blanca taciturna.

Eleonora —pensé—. Eleonora.

y vamos a los asaltos, vamos,
como frente a un cadáver, un coro de
gitanos.

—Che, ¿sabés que esto es hermosísimo? Me lo
llevo para casa.
—Bueno, mirá, en tanto que yo empaqueto libros, vos arreglate las bombas.
—¿Y la luz?
—Traétela aquí.
Seguí la indicación de Enríque. Trajinábamos
silencios, y nuestras sombras agigantadas mován-
se en el cielo raso y sobre el piso de la habitación,
desmesuradas por la penumbra que ensombrecía
los ángulos. Familiarizado con la situación de peligro, ninguna inquietud entorpecía mi destreza.
Enrique en el escritorio acomodaba los volúmenes y echaba un vistazo a sus páginas. Yo con
amaño había terminado de envolver las lámparas,
cuando en el pasillo reconocimos los pasos de
Lucio.
Se presentó con el semblante desencajado, gruesas gotas de sudor le perlaban en la frente.
—Ahí viene un hombre... Entró recién..., apa-
guen...
Enrique lo miró atónito y maquinalmente apagó la linterna; yo, espantado, recogí la barra de

hierro que no recuerdo quién había abandonado junto al escritorio. En la oscuridad me ceñía la frente un cilicio de nieve.

El desconocido trepaba la escalera y sus pasos eran inciertos.

Repentinamente el espanto llegó a su colmo y me transfiguró.

Dejaba de ser el niño aventurero; se me envararon los nervios, mi cuerpo era una estatua ceñuda rebalsando de instintos criminales, una estatua erguida sobre los miembros tensos, agazapados en la comprensión del peligro.

—¿Quién será? —suspiró Enrique.

Lucio respondió con el codo.

Ahora le escuchábamos más próximo, y sus pasos retumbaban en mis oídos, comunicando la angustia del tímpano atentísimo al temblor de la vena.

Erguido, con ambas manos sostenía la palanca encima de mi cabeza, presto para todo, dispuesto a descargar el golpe... y en tanto escuchaba, mis sentidos discernían con prontitud maravillosa el cariz de los sonidos, persiguiéndolos en su origen, definiendo por sus estructuras el estado psicológico del que los provocaba.

Con vértigo inconsciente analizaba:

—Se acerca... no piensa... si pensara no pisaría así... arrastra los pies... si sospechara no tocaría el suelo con el taco... acompañaría el cuerpo en la actitud... siguiendo el impulso de las orejas que buscan el ruido y de los ojos que buscan el cuerpo, andaría en punta de pies... y él lo sabe... está tranquilo...

De pronto, una enronquecida voz, cantó allí, abajo, con la melancolía de los borrachos:

Maldito aquel día que te conocí,
ay macarena, ay macarena.

La soñolienta canción se quebró bruscamente.

—Ha sospechado... no... pero sí... no... a ver —y creí que mi corazón se agrietaba, con tanta fuerza arrojaba la sangre en las venas.

Al llegar al pasillo, el desconocido rezongó nuevamente:

ay macarena, ay macarena

—Enrique —susurré—. Enrique.

Nadie me respondió.

Con una agria hediondez de vino, trajo el viento el ruido de un eructo.

—Es un borracho —sopló en mi oreja Enrique—. Si viene, lo amordazamos.

El intruso se alejaba arrastrando los pies, y desapareció al final del corredor. En un recodo se detuvo y le escuchamos forcejear en el picaporte de una puerta que cerró estrepitosamente tras él.

—¡De buena nos libramos!

—Y vos, Lucio..., ¿qué estás tan callado?

—De alegría, hermano, de alegría.

—¿Y cómo le viste?

—Estaba sentado en la escalera; aquí te quiero ver. Zas, de pronto siento un ruido, me asomo y veo la puerta de fierro que se abre. Te la «voglio dire». ¡Qué emoción!

—Mirá si el tipo se nos viene al humo.

—Yo lo «enfrío» —dijo Enrique.

—¿Y ahora qué hacemos?

—¿Qué vamos a hacer? Irnos, que es hora. Bajamos de puntillas sonriendo. Lucio llevaba el paquete de las lámparas. Enrique y yo dos pesados bultos de libros. No sé por qué, en la oscuridad de la escalera pensé en el resplandor del sol, y reí despacio.

—¿De qué te reís? —preguntó malhumorado Enrique.

—No sé.

—¿No encontraremos ningún «cana»?

—No, de aquí a casa no hay.

—Ya lo dijiste antes.

—¡Además, con esta lluvia!

—¡Caramba!

—¿Qué hay, che Enrique?

—Me olvidé cerrar la puerta de la biblioteca. Dame la linterna.

Se la entregué y a grandes pasos Irzubeta desapareció.

Aguardándole, nos sentamos sobre el mármol de un escalón.

Temblaba de frío en la oscuridad. El agua se estrellaba rabiosamente contra los mosaicos del patio. Involuntariamente se me cerraron los párpados, y por mi espíritu resbaló, en un anochecimiento lejano, el semblante de imploración de la amada niña, inmóvil, junto al álamo negro. Y la voz interior, recalcitrante, insistía:

—¡Te he querido tanto, Eleonora! ¡Ah, si supieras cuánto te he querido!

Cuando llegó Enrique, traía unos volúmenes bajo el brazo.

—¿Y eso?

—Es la geografía de Malte Brun. Me la guardo para mí.

—¿Cerraste bien la puerta?

—Sí, lo mejor que pude.

—¿Habrá quedado bien?

—No se conoce nada.

—¿Che, y el curdelón ese? ¿Habrá cerrado con llave la puerta de calle?

La ocurrencia de Enrique fue acertada. La puerta cancel estaba entreabierta y salimos.

Un torrente de agua, borbolleando, corría entre dos aceras, y menguada su furia, la lluvia descendía fina, compacta, obstinada.

A pesar de la carga, prudencia y temor aceleraban la soltura de nuestras piernas.

—Lindo golpe.

—Sí, lindo.

—¿Qué opinás, Lucio, que dejemos esto en tu casa?

—No digas estupideces; mañana mismo reducimos todo.

—¿Cuántas bombas traeremos?

—Treinta.

—Lindo golpe —repitió Lucio—. ¿Y de libros?

—Más o menos yo calculé setenta pesos —dijo Enrique.

—¿Qué hora tenés, Lucio?

—Deben ser las tres.

No, no era tarde, mas la fatiga, la angustia, las tinieblas y el silencio, los árboles goteando en nuestras espaldas enfriadas, todo ello hacía que la noche nos pareciera eterna, y dijo Enrique con melancolía:

—Sí, es demasiado tarde.

Estremecidos de frío y cansancio, entramos a la casa de Lucio.

—Despacio, che, no se despierten las viejas.

—¿Y dónde guardamos esto?

—Espérensen.

Lentamente giró la puerta en sus goznes. Lucio penetró a la habitación e hizo girar la llave del conmutador.

—Pasen, ché, les presento mi bulín.

El ropero en un ángulo, una mesita de madera

blanca, y una cama. Sobre la cabecera del lecho extendía sus retorcidos brazos piadosos un Cristo Negro, y en un marco, en actitud dolorosísima, miraba al cielo raso un cromo de Lida Borelli.

Extenuados nos dejamos caer en la cama.

En los semblantes relajados de sueño, la fatiga acrecentaba la oscuridad de las ojeras. Nuestras pupilas inmóviles permanecían fijas en los muros blancos, ora próximos, ora distantes, como en la óptica fantástica de una fiebre.

Lucio ocultó los paquetes en el ropero y pensativo sentóse en el borde de la mesa, cogiéndose una rodilla entre las dos manos.

—¿Y la Geografía?

El silencio tornó a pesar sobre los espíritus mojados, sobre nuestros semblantes lívidos, sobre las entreabiertas manos amoratadas.

Me levanté sombrío, sin apartar la mirada del muro blanco.

—Dame el revólver, me voy.

—Te acompaño —dijo Irzubeta incorporándose en el lecho, y en la oscuridad nos perdimos por las calles sin pronunciar palabras, con adusto rostro y encorvadas espaldas.

Terminaba de desnudarme, cuando tres golpes frenéticos repercutieron en la puerta de la calle, tres golpes urgentísimos que me erizaron el cabello.

Vertiginosamente pensé:

La policía me ha seguido... la policía... la policía... —jadeaba mi alma.

El golpe aullador se repitió otras tres veces, con más ansiedad, con más furor, con más urgencia.

Tomé el revólver y desnudo salí a la puerta.

No terminé de abrir la hoja y Enrique se desplomó en mis brazos. Algunos libros rodaron por el pavimento.

—Cerrá, cerrá que me persiguen; cerrá, Silvio —habló con voz enronquecida Irzubeta.

Lo arrastré bajo el techo de la galería.

—¿Qué pasa, Silvio, qué pasa? —gritó mi madre asustada desde su habitación.

—Nada, callate... un vigilante que lo corría a Enrique por una pelea.

En el silencio de la noche, que el miedo hacía cómplice de la justicia inquisidora, resonó el silbido del pito de un polizonte, y un caballo al galope cruzó la bocacalle. Otra vez el terrible sonido, multiplicado, se repitió en distintos puntos cercanos.

Como serpentinas cruzaban la altura las clamantes llamadas de los vigilantes.

Un vecino abrió la puerta de calle, se escucharon las voces de un diálogo, y Enrique y yo en la oscuridad de la galería, temblorosos nos estrechábamos uno contra otro. Por todas partes los silbos inquietantes se prolongaban amenazadores, numerosos, en tanto que de la carrera siniestra para cazar al delincuente, nos llegaba el ruido de herraduras de caballos, de galopes frenéticos, las bruscas detenciones en el resbaladizo adoquinado, el retroceso de los polizontes. Y yo tenía al perseguido entre mis brazos, su cuerpo tembloroso de espanto contra mí, y una misericordia infinita me inclinaba hacia el adolescente quebrantado.

Lo arrastré hasta mi tugurio. Le castañeteaban los dientes. Tiritando de miedo, se dejó caer en una silla y sus azoradas pupilas engrandecidas de espanto se fijaron en la sonrosada pantalla de la lámpara.

Otra vez cruzó un caballo la calle, pero con tanta lentitud que creía se detendría frente a mi casa. Después, el vigilante espoleó su cabalgadura y las llamadas de los silbatos que se hacían menos frecuentes, cesaron por completo.

—Agua, dame agua.

Le alcancé una garrafa, y bebió ávidamente. En su garganta el agua cantaba. Un suspiro amplio le contrajo el pecho.

Después, sin apartar la inmóvil pupila de la pantalla sonrosada, sonrió con la sonrisa extraña e incierta de quien despierta de un miedo alucinante. Dijo:

—Gracias, Silvio —y aún sonreía, ilimitadamente anchurosa el alma en el inesperado prodigio de su salvación.

—Pero decime, ¿cómo fue?

—Mirá. Iba por la calle. No había nadie. Al doblar en la esquina de Sud América, me doy cuenta que bajo un foco me estaba mirando un vigilante. Instintivamente me paré, y él me gritó:

—¿Qué lleva ahí?

—Ni decirlo, salí como un diablo. El corría tras mí, pero como tenía el capote puesto no podía alcanzarme... lo dejaba atrás... cuando a lo lejos siento otro, venir a caballo... y el pito, el que me corría tocó pito. Entonces hice fuerza y llegué hasta acá.

—Has visto... ¡Por no dejar los libros en casa de Lucio!... ¡mira si te «cachan»!

—Nos arrean a todos a la «leonera». ¿Y los libros? ¿No perdiste los libros por la calle?

—No, se cayeron ahí en el corredor.

Al ir a buscarlos, tuve que explicarle a mamá:

—No es nada malo. Resulta que Enrique estaba jugando al billar con otro muchacho y sin querer rompió el paño de la mesa. El dueño quiso cobrarle y como no tenía plata se armó una trifulca.

Estamos en casa de Enrique.

Un rayo rojo penetra por el ventanuco de la covacha de los títeres.

Enrique reflexiona en su rincón, y una arruga

dilatada le hiende la frente desde la raíz de lo
cabellos al ceño. Lucio fuma recostado en un mon
tón de ropa sucia y el humo del cigarrillo envuel
ve en una neblina su pálido rostro. Por encima d
la letrineja, desde una casa vecina, llega la melo
día de un vals desgranado lentamente en el piano

Yo estoy sentado en el suelo. Un soldado si
piernas, rojo y verde, me mira desde su casa d
cartón descalabrada. Las hermanas de Enrique ri
ñen afuera con voz desagradable.

—¿Entonces...?

Enrique levanta la noble cabeza y mira a Lucio

—¿Entonces?

Yo miro a Enrique.

—¿Y qué te parece a vos, Silvio? —continú
Lucio.

—No hay que hacerle, dejarse de macanear, s
no, vamos a caer.

—Anteanoche estuvimos dos veces a punto

—Sí, la cosa no puede ser más clara. —Y Lu
cio por décima vez relee complacido el recorte d
un diario:

«Hoy a las tres de la madrugada el agente Ma
nuel Carlés, de parada en la calle Avellaneda
Sud América, sorprendió a un sujeto en actitu
sospechosa y que llevaba un paquete bajo el bra
zo. Al intimarle alto, el desconocido echó a corre
desapareciendo en uno de los terrenos baldíos qu
hay en las calles inmediatas al lugar. La comisarí
de la sección 38 ha tomado intervención.»

—¿Así que el club se disuelve? —dice Enrique.

—No. Paraliza sus actividades por tiempo indeterminado —replica Lucio—. No es programa trabajar ahora que la policía husmea algo.

—Cierto; sería una estupidez.

—¿Y los libros?

—¿Cuántos tomos son?

—Veintisiete.

—Nueve para cada uno... pero no hay que olvidarse de borrar con cuidado los sellos del Consejo Escolar...

—¿Y las bombas?

Con presteza Lucio replica:

—Miren, che, yo de las bombas no quiero saber ni medio. Antes de ir a reducirlas, las tiro a la letrina.

—Sí, cierto, es un poco peligroso ahora.

Irzubeta calla.

—¿Estás triste, che Enrique?

Una sonrisa extraña le tuerce la boca; encógese de hombros y con vehemencia, irguiendo el busto, dice:

—Ustedes desisten, claro, no para todos es la bota de potro, pero yo, aunque me dejen solo, voy a seguir.

En el muro de la covacha de los títeres, el rayo rojo ilumina el demacrado perfil del adolescente.

Capítulo II
LOS TRABAJOS Y LOS DIAS

Como el dueño de la casa nos aumentara el alquiler, nos mudamos de barrio, cambiándonos a un siniestro caserón de la calle Cuenca, al fondo de Floresta.

Dejé de verlos a Lucio y Enrique, y una agria tiniebla de miseria se enseñoreó de mis días.

Cuando cumplí los quince años, cierto atardecer mi madre me dijo:

—Silvio, es necesario que trabajes.

Yo que leía un libro junto a la mesa, levanté los ojos mirándola con rencor. Pensé: trabajar, siempre trabajar. Pero no contesté.

Ella estaba de pie frente a la ventana. Azulada claridad crepuscular incidía en sus cabellos emblanquecidos, en la frente amarilla, rayada de arrugas, y me miraba oblicuamente, entre disgus-

tada y compadecida, y yo evitaba encontrar su
ojos.

Insistió comprendiendo la agresividad de m
silencio.

—Tenés que trabajar, ¿entendés? Tú no quisis
te estudiar. Yo no te puedo mantener. Es necesa
rio que trabajes.

Al hablar apenas movía los labios, delgados co
mo dos tablitas. Escondía las manos en los plie
gues del chal negro que modelaba su pequeño bus
to de hombros caídos.

—Tenés que trabajar, Silvio.

—¿Trabajar, trabajar de qué? Por Dios... ¿Qu
quiere que haga...?, ¿que fabrique el empleo...'
Bien sabe usted que he buscado trabajo.

Hablaba estremecido de coraje; rencor a sus pa
labras tercas, odio a la indiferencia del mundo, a
la miseria acosadora de todos los días, y al mism
tiempo una pena innominable: la certeza de la pro
pia inutilidad.

Mas ella insistía como si fueran ésas sus única
palabras.

—¿De qué...? A ver ¿de qué?

Maquinalmente se acercó a la ventana, y co
un movimiento nervioso arregló las arrugas de la
cortina. Como si le costara trabajo decirlo:

—En «La Prensa» siempre piden...

—Sí, piden lavacopas, peones... ¿quiere que va
ya de lavacopas?

—No, pero tenés que trabajar. Lo poco que ha quedado alcanza para que termine Lila de estudiar. Nada más. ¿Qué querés que haga?

Bajo la orla de la saya enseñó un botín descalabrado y dijo:

—Mira qué botines. Lila para no gastar en libros tiene que ir todos los días a la biblioteca. ¿Qué querés que haga, hijo?

Ahora su voz era de tribulación. Un surco oscuro le hendía la frente desde el ceño hasta la raíz de los cabellos, y casi le temblaban los labios.

—Está bien, mamá, voy a trabajar.

Cuánta desolación. La claridad azul remachaba en el alma la monotonía de toda nuestra vida, cavilaba hedionda, taciturna.

Desde afuera oíase el canto triste de una rueda de niños:

La torre en guardia.
La torre en guardia.
La quiero conquistar.

Suspiró en voz baja.

—Qué más quisiera que pudieras estudiar.

—Eso no vale nada.

—El día que Lila se reciba...

La voz era mansa, con tedio de pena.

Habíase sentado junto a la máquina de coser, y

en el perfil, bajo la línea de la ceja, el ojo era un cuévano de sombra con una chispa blanca y triste. Su pobre espalda encorvada, y la claridad azul en la lisura de los cabellos dejaba cierta claridad de témpano.

—Cuando pienso... —murmuró.

—¿Estás triste, mamá?

—No —contestó.

De pronto:

—¿Quieres que lo hable al señor Naidath? Puedes aprender a ser decorador. ¿No te gusta el oficio?

—Es igual.

—Sin embargo, ganan mucho dinero...

Me sentí impulsado a levantarme, a cogerla de los hombros y zamarrearla, gritándole en las orejas:

—¡No hable de dinero, mamá, por favor...! ¡No hable... cállese...!

Estábamos allí, inmóviles de angustia. Afuera la ronda de chicos aún cantaba con melodía triste:

La torre en guardia.
La torre en guardia.
La quiero conquistar.

Pensé:

—Y así es la vida, y cuando yo sea grande y tenga un hijo, le diré: «Tenés que trabajar. Yo no te puedo mantener.» Así es la vida. Un ramalazo de frío me sacudía en la silla.

Ahora, mirándola, observando su cuerpo tan mezquino, se me llenó el corazón de pena.

Creía verla fuera del tiempo y del espacio, en un paisaje sequizo, la llanura parda y el cielo metálico de tan azul. Yo era tan pequeño que ni caminar podía, y ella flagelada por las sombras, angustiadísima, caminaba a la orilla de los caminos, llevándome en sus brazos, calentándome las rodillas con el pecho, estrechando todo mi cuerpecito contra su cuerpo mezquino, y pedía a las gentes para mí, y mientras me daba el pecho, un calor de sollozo le secaba la boca, y de su boca hambrienta se quitaba el pan para mi boca, y de sus noches el sueño para atender a mis quejas, y con los ojos resplandecientes, con su cuerpo vestido de míseras ropas, tan pequeña y tan triste, se abría como un velo para cobijar mi sueño.

¡Pobre mamá! Y hubiera querido abrazarla, hacerle inclinar la emblanquecida cabeza en mi pecho, pedirle perdón de mis palabras duras, y de pronto, en el prolongado silencio que guardábamos, le dije con voz vibrante:

—Sí, voy a trabajar, mamá.

Quedamente:

—Está bien, hijo, está bien... —y otra vez la pena honda nos selló los labios.

Afuera, sobre la sonrosada cresta de un muro, resplandecía en lo celeste un fúlgido tetragrama de plata.

Don Gaetano tenía su librería, mejor dicho, su casa de compra y venta de libros usados, en la calle Lavalle al 800, un salón inmenso, atestado hasta el techo de volúmenes.

El local era más largo y tenebroso que el antro de Trofonio.

Donde se miraba había libros: libros en mesas formadas por tablas encima de caballetes, libros en los mostradores, en los rincones, bajo las mesas y en el sótano.

Anchurosa portada mostraba a los transeúntes el contenido de la caverna, y en los muros de la calle colgaban volúmenes de historias para imaginaciones vulgares, la novela de Genoveva de Brabante y Las Aventuras de Musolino. Enfrente, como en un colmenar, la gente rebullía por el atrio de un cinematógrafo, con su campanilla repiqueteando incesantemente.

Al mostrador, junto a la puerta, atendía la esposa de don Gaetano, una mujer gorda y blanca, de cabello castaño y ojos admirables por su expresión de crueldad verde.

—No está don Gaetano.

La mujer me señaló un grandullón que en mangas de camisa miraba desde la puerta el ir y venir de las gentes. Anudaba una corbata negra al cuello desnudo, y el pelo ensortijado sobre la frente tumultuosa dejaba ver entre sus anillos la punta de las orejas. Era un bello tipo, con su reciedumbre y piel morena, mas, bajo las pestañas hirsutas, los ojos grandes y de aguas convulsas causaban desconfianza.

El hombre cogió la carta donde me recomendaban, la leyó; después, entregándola a su esposa, quedóse examinándome.

Gran arruga le hendía la frente, y por su actitud acechante y placentera adivinábase al hombre de natural desconfiado y trapacero a la par que meloso, de azucarada bondad fingida y de falsa indulgencia en sus gruesas carcajadas.

—¿Así que vos antes trabajastes en una librería?

—Sí, patrón.

—¿Y trabajaba mucho el otro?

—Bastante.

—Pero no tiene tanto libro como acá, ¿eh?

—Oh, claro, ni la décima parte.

Después a su esposa:

—¿Y Mosiú no vendrá más a trabajar?

La mujer con tono áspero, dijo:

—Así son todos estos piojosos. Cuando se matan el hambre y aprenden a trabajar se van.

Dijo, y apoyó el mentón en la palma de la mano, mostrando entre la manga de la blusa verde un trozo de brazo desnudo. Sus ojos crueles se inmovilizaron en la calle transitadísima. Incesantemente repiqueteaba la campanilla del biógrafo, y un rayo de sol, adentrado entre dos altos muros, iluminaba la fachada oscura del edificio de Dardo Rocha.

—¿Cuánto querés ganar?

—Yo no sé... Usted sabe.

—Bueno, mirá... Te voy a dar un peso y medio, y casa y comida, vas a estar mejor que un príncipe, eso sí —y el hombre inclinaba su greñuda cabeza— aquí no hay horario... la hora de más trabajo es de ocho de la noche a once...

—¿Cómo; a las once de la noche?

—Y qué más quiere, un muchacho como vos estar hasta las once de la noche, mirando pasar lindas muchachas. Eso sí, a la mañana nos levantamos a las diez.

Recordando el concepto que don Gaetano le merecía al que me recomendara, dije:

—Está bien, pero como yo necesito la plata, ustedes todas las semanas me van a pagar.

—Qué, ¿tiene desconfianza?

—No, señora, pero como en mi casa necesitan y somos pobres... Usted comprenderá...

La mujer volvió su mirada ultrajante a la calle.

—Bueno —prosiguió don Gaetano—, venite mañana a las diez al departamento; vivimos en la calle Esmeralda —y anotando la dirección en un trozo de papel me la entregó.

La mujer no respondió a mi saludo. Inmóvil, la mejilla posando en la palma de la mano y el brazo desnudo apoyado en el lomo de los libros, fijos los ojos en el frente de la casa de Dardo Rocha, parecía el genio tenebroso de la caverna de los libros.

A las nueve de la mañana me detuve en la casa donde vivía el librero. Después de llamar, guareciéndome de la lluvia, me recogí en el zaguán.

Un viejo barbudo, envuelto el cuello en una bufanda verde y la gorra hundida hasta las orejas, salió a recibirme.

—¿Qué quiere?

—Yo soy el nuevo empleado.

—Suba.

Me lancé por el vano de la escalera, sucia en los peldaños.

Cuando llegamos al pasillo, el hombre dijo:

—Espérese.

Tras los vidrios de la ventana que daba a la calle, frente a la balconada, veíase el achocolatado cartel de hierro de una tienda. La llovizna resbalaba lentamente por la convexidad barnizada. Allá lejos, una chimenea entre dos tanques arrojaba grandes lienzos de humo al espacio pespunteado por agujas de agua.

Repetíanse los nerviosos golpes de campana de los tranvías, y entre el «trolley» y los cables vibraban chispas violetas; el cacareo de un gallo afónico venía no sé de dónde.

Súbita tristeza me sobrecogió al enfrentarme al abandono de aquella casa.

Los cristales de las puertas estaban sin cortinas, los postigos cerrados.

En un rincón del hall, en el piso cubierto de polvo, había olvidado un trozo de pan duro, y en la atmósfera flotaba olor a engrudo agrio: cierta hediondez de suciedad harto tiempo húmeda.

—Miguel —gritó con voz desapacible la mujer desde adentro.

—Va, señora.

—¿Está el café?

El viejo levantó los brazos al aire y cerrando los puños se dirigió a la cocina por un patio mojado.

—Miguel.

—Señora.

—¿Dónde están las camisas que trajo Eusebia?

—En el baúl chico, señora.

—Don Miguel —habló socarronamente el hombre.

—Diga, don Gaetano.

—¿Cómo le va, don Miguel?

El viejo movió la cabeza a diestra y siniestra, levantando desconsoladamente los ojos al cielo.

Era flaco, alto, carilargo, con barba de tres días en las fláccidas mejillas y expresión lastimera de perro huido en los ojos legañosos.

—Don Miguel.

—Diga, don Gaetano.

—Andá a comprarme un Avanti.

El viejo se marchaba.

—Miguel.

—Señora.

80

—Traete medio kilo de azúcar a cuadritos, y que te la den bien pesada.

Una puerta se abrió, y salió don Gaetano prendiéndose la bragueta con las dos manos y suspendido del encrespado cabello, sobre la frente, un trozo de peine.

—¿Qué hora es?

—No sé.

Miró al patio.

—Puerco tiempo —murmuró, y después comenzó a peinarse.

Llegado don Miguel con el azúcar y los toscanos, don Gaetano dijo:

—Traete la canasta, después te llevás el café al negocio —y encasquetándose un grasiento sombrero de fieltro tomó la canasta que le entregaba el viejo y dándomela, dijo:

—Vamos al mercado.

—¿Al mercado?

Tomó mi frase al vuelo.

—Un consejo, ché Silvio. A mí no me gusta decir dos veces las cosas. Además comprando en el mercado uno sabe lo que come.

Entristecido salí tras él con la canasta, una canasta impúdicamente enorme, que golpeándome las rodillas con su chillonería hacía más profunda, más grotesca la pena de ser pobre.

—¿Queda lejos el mercado?

—No, hombre, acá en Carlos Pellegrini —y observándome cariacontecido dijo:

—Parece que tenés vergüenza de llevar una canasta. Sin embargo el hombre honesto no tiene vergüenza de nada, siempre que sea trabajo.

Un dandy a quien rocé con la cesta me lanzó una mirada furiosa, un rabicundo portero uniformado desde temprano con magnífica librea y brandeburgos de oro, observóme irónico, y un granujilla que pasó, como quien lo hace inadvertidamente, dio un puntapié al trasero de la cesta, y la canasta pintada rojo rábano, impúdicamente grande, me colmaba de ridículo.

—¡Oh, ironía!, ¡y yo era el que había soñado en ser un bandido grande como Rocambole y un poeta genial como Baudelaire!

Pensaba:

—¿Y para vivir hay que sufrir tanto...? todo esto... tener que pasar con una canasta al lado de espléndidas vidrieras...

Perdimos casi toda la mañana vagando por el Mercado del Plata.

¡Bella persona era don Gaetano!

Para comprar un repollo, o una tajada de zapallo o un manojo de lechuga, recorría los puestos disputando, en discusiones ruines, piezas de cinco centavos a los verduleros, con quienes se insultaba en un dialecto que yo no entendía.

¡Qué hombre! Tenía actitudes de campesino astuto, de gañán que hace el tonto y responde con una chuscada cuando comprende que no puede engañar.

Husmeando pichinchas metíase entre fregonas y sirvientas a curiosear cosas que no debían interesarle, hacía de saludador arlequinesco, y en acercándose a los mostradores estañados de los pescadores examinaba las agallas de merluzas y pejerreyes, comía langostinos, y sin comprar tan siquiera un marisco, pasaba al puesto de las mondongueras, de allí al de los vendedores de gallinas, y antes de mercar nada, oliscaba la vitualla y manoseábala desconfiadamente. Si los comerciantes se irritaban, él les gritaba que no quería ser engañado, que bien sabía que ellos eran unos ladrones, pero que se equivocaban si le tomaban por tonto porque era tan sencillo.

Su sencillez era chocarrería, su estulticia vivísima granujería.

Procedía así:

Seleccionaba con paciencia desesperante un repollo o una coliflor. Estaba conforme puesto que pedía precio, pero de pronto descubría otro que le parecía más sazonado o más grande, y ello era el motivo de la disputa entre el verdulero y don Gaetano, ambos empeñados en robarse, en perjudicar al prójimo, aunque fuere en un solo centavo.

Su mala fe era estupenda. Jamás pagaba lo estipulado, sino lo que ofreciera antes de cerrar trato. Una vez que yo había guardado la vitualla en la cesta, don Gaetano se retiraba del mostrador, hundía los pulgares en el bolsillo del chaleco, sacaba y contaba, tornaba a recontar el dinero, y despectivamente lo arrojaba encima del mostrador como si hiciera un servicio al mercader, alejándose aprisa después.

Si el comerciante le gritaba, él respondía:

—Estate buono.

Tenía el prurito del movimiento, era un goloso visual, entraba en éxtasis frente a la mercadería por el dinero que representaba.

Acercábase a los vendedores de cerdo a pedirles precio de embutidos, examinaba codicioso las sonrosadas cabezas de cerdo, hacíalas girar despacio bajo la impasible mirada de los ventrudos comerciantes de delantal blanco, rascábase tras la oreja, miraba con voluptuosidad los costillares enganchados a los hierros, las pilastras de tocino en lonjas, y como si resolviera un problema que le daba vueltas en el meollo, dirigíase a otro puesto, a pellizcar una luna de queso, o a contar cuántos espárragos tiene un mazo, a ensuciarse las manos entre alcachofas y nabos, y a comer pepitas de zapallo o a observar al trasluz los huevos y a deleitarse en los pilones de manteca húmeda, sólida, amarilla, y aún oliendo a suero.

Aproximadamente a las dos de la tarde almorzamos. Don Miguel apoyando el plato en un cajón de kerosene, yo en el ángulo de una mesa ocupada de libros, la mujer gorda en la cocina y don Gaetano en el mostrador.

A las 11 de la noche abandonamos la caverna.

Don Miguel y la mujer gorda caminaban en el centro de la calle lustrosa, con la canasta donde golpeaban los trastos de hacer café; don Gaetano, sepultadas las manos en los bolsillos, el sombrero en la coronilla y un mechón de cabellos caído sobre los ojos, y yo tras ellos, pensaba cuán larga había sido mi primera jornada.

Subimos y al llegar al pasillo don Gaetano me preguntó:

—¿Trajiste colchón, vos?

—Yo no. ¿Por qué?

—Aquí hay una camita, pero sin colchón.

—¿Y no hay nada con qué taparse?

Don Gaetano miró en derredor, luego abrió la puerta del comedor; encima de la mesa había una carpeta verde, pesada y velluda.

Doña María ya entraba en el dormitorio cuando don Gaetano tomó la carpeta por un extremo y echándomela al hombro malhumorado, dijo:

—Estate buono —y sin contestar a mis buenas noches, me cerró la puerta en las narices.

Quedé desconcertado ante el viejo, que testimonió su indignación con esta sorda blasfemia: «¡Ah! ¡Dío Fetente!»; luego echó a andar y le seguí.

El cuchitril donde habitaba el anciano famélico, a quien desde ese momento bauticé con el nombre de Dío Fetente, era un triángulo absurdo, empinado junto al techo, con un ventanuco redondo que daba a la calle Esmeralda y por el cual se veía la lámpara de arco voltaico que iluminaba la calzada. El vidrio del ojo de buey estaba roto, y por allí se colaban ráfagas de viento que hacían bailar la lengua amarilla de una candela sujeta en una palmatoria al muro.

Arrimada a la pared había una cama de tijera, dos palos en cruz con una lona clavada en los travesaños.

Dío Fetente salió a orinar a la terraza, luego sentóse en un cajón, se quitó la gorra y los botines, arreglóse prolijamente la bufanda en torno al cogote y preparado para afrontar el frío de la noche, prudentemente entró en el catre, cubriéndose hasta la barba con las mantas, unas bolsas de arpillera rellenadas de trapos inservibles.

La mortecina claridad de la candela iluminaba el perfil de su rostro, de larga nariz rojiza, aplanada frente estriada de arrugas, y cráneo mondo, con vestigios de pelos grises encima de las orejas. Como el viento que entraba molestábale, Dío Fetente extendió el brazo, cogió la gorra y se la hundió sobre las orejas, luego sacó del bolsillo una colilla de toscano, la encendió, lanzó largas bocanadas de humo y uniendo las manos bajo la nuca, quedóse mirándome sombrío.

Yo comencé a examinar mi cama. Muchos debían de haber padecido en ella, tan deteriorada estaba. Habiendo la punta de los elásticos rasgado la malla, quedaban éstos en el aire como fantásticos tirabuzones, y las grampas de las agarraderas habían sido reemplazadas por ligaduras de alambre.

Sin embargo no me iba a estar la noche en éxtasis, y después de comprobar su estabilidad, imitando a Dío Fetente, me saqué los botines, que envueltos en un periódico me sirvieron de almohada, me envolví en la carpeta verde y dejándome caer en el fementido lecho, resolví dormir.

Indiscutiblemente, era cama de archipobre, un deshecho de judería, la yacija más taimada que he conocido.

Los resortes me hundían las espaldas; parecía que sus puntas querían horadarme la carne entre las costillas, la malla de acero rígida en una zona se hundía desconsideradamente en un punto, en tanto que en otro por maravillas de elasticidad elevaba promontorios, y a cada movimiento que hacía el lecho gañía, chirriaba con ruidos estupendos, a semejanza de un juego de engranajes sin aceite. Además, no encontraba postura cómoda, el rígido vello de la carpeta rascábame la garganta, el filo de los botines me entumecía la nuca, los espirales de los elásticos doblados me pellizcaban la carne. Entonces:

—¡Eh, diga, Dío Fetente!

Como una tortuga, el anciano sacó su pequeña cabeza al aire de entre el caparazón de arpilleras.

—Diga, don Silvio.

—¿Qué hacen que no tiran este camastro a la basura?

El venerable anciano, poniendo los ojos en blanco, me respondió con un suspiro profundo, tomando así a Dios de testigo de todas las inquietudes de los hombres.

—Diga, Dío Fetente, ¿no hay otra cama...? Aquí no se puede dormir...

—Esta casa es el infierno, don Silvio... el infierno —y bajando la voz, temeroso de ser escuchado—: esto es... la mujer... la comida... Ah Dío Fetente, ¡qué casa ésta!

El viejo apagó la luz y yo pensé:

—Decididamente, voy de mal en peor.

Ahora escuchaba el ruido de la lluvia caer sobre el zinc de la boharda.

De pronto me conturbó un sollozo sofocado. Era el viejo que lloraba, que lloraba de pena y de hambre. Y ésa fue mi primera jornada.

Algunas veces, en la noche, hay rostros de doncellas que hieren con espada de dulzura. Nos alejamos, y el alma nos queda entenebrecida y sola, como después de una fiesta.

Realizaciones excepcionales... se fueron y no sabemos más de ellas, y sin embargo nos acompañaron una noche teniendo la mirada fija en nuestros ojos inmóvil... y nosotros heridos con espadas de dulzura, pensamos cómo sería el amor de esas mujeres con esos semblantes que se adentraron en la carne. Congojosa sequedad del espíritu, peregrina voluptuosidad áspera y mandadora.

Pensamos cómo inclinarían la cabeza hacia nosotros para dejar en dirección al cielo sus labios entreabiertos, cómo dejarían desmayarse del deseo sin desmentir la belleza del semblante un momento ideal; pensamos cómo sus propias manos trizarían los lazos del corpiño...

Rostros... rostros de doncellas maduras para las desesperaciones del júbilo, rostros que súbitamente acrecientan en la entraña un desfallecimiento ardiente, rostros en los que el deseo no desmiente la idealidad de un momento. ¿Cómo vienen a ocupar nuestras noches?

Yo me he estado horas continuas persiguiendo con los ojos la forma de una doncella que durante el día me dejó en los huesos ansiedad de amor.

Despacio consideraba sus encantos avergonzados de ser tan adorables, su boca hecha tan sólo para los grandes besos; veía su cuerpo sumiso pegarse a la carne llamadora de su desengaño e insistiendo en la delicia de su abandono, en la magnífica pequeñez de sus partes destrozables, la vista ocupada por el semblante, por el cuerpo joven para el tormento y para una maternidad, alargaba un brazo hacia mi pobre carne; hostigándola, la dejaba acercarse al deleite.

En aquel momento don Gaetano volvía de la calle y pasó hacia la cocina. Miróme ceñudo, mas no dijo nada, y yo me incliné sobre el tarro de engrudo al tiempo que arreglaba un libro, pensando: va a haber tormenta.

Ciertamente, con intervalos breves, el matrimonio reñía.

La mujer blanca, inmóvil, apoyada de codos en el mostrador, las manos arrebujadas en los repliegues de la pañoleta verde, seguía los pasos del marido con ojos crueles.

Don Miguel, en la cocinita, lavaba los platos en un fuentón grasiento. Las puntas de su bufanda rozaban los bordes del tacho y un delantal de cuadros rojos y azules atado a la cintura con un piolín, le defendía de las salpicaduras de agua.

—¡Qué casa esta, Dío Fetente!

He de advertir que la cocina, lugar de nuestras expansiones, estaba enfrentada a una letrineja hedionda, era un rincón de la caverna, tapiado a las espaldas de las estanterías.

Encima de una tabla sucia, apelmazados con sobras de verdura, había pequeños trozos de carne y patatas, con los que don Miguel confeccionaba la magra pitanza del mediodía. Lo quitado a nuestra voracidad era servido a la noche, bajo la forma de un guiso estrambótico. Y era Dío Fetente el genio y el mago de ese antro hediondo. Allí maldecíamos de nuestra suerte; allí don Gaetano se refugiaba a veces para meditar en los desazones que trae consigo el matrimonio.

El odio que fermentaba en el pecho de la mujer terminaba por estallar.

Bastaba un motivo insignificante, una nimiedad cualquiera.

Súbitamente, la mujer envarada de un furor sombrío abandonaba el mostrador, y arrastrando las chancletas por el mosaico, las manos arrebujadas en su pañoleta, los labios apretados y los párpados inmóviles, buscaba al marido.

Recuerdo la escena de ese día:

Como de costumbre, esa mañana don Gaetano fingió no verla, aunque se encontraba a tres pasos de él. Yo vi que el hombre inclinó la cabeza hacia cierto libro simulando leer el título.

Detenida, la mujer blanca permanecía inmóvil. Sólo sus labios temblaban como tiemblan las hojas.

Después dijo con una voz que hacía grave cierta monotonía terrible:

—Yo era linda. ¿Qué has hecho de mi vida?

Sobre su frente temblaron los cabellos como si pasara el viento.

Un sobresalto sacudió el cuerpo de don Gaetano.

Con desesperación que le hinchaba la garganta, ella le arrojó estas palabras pesadas, salitrosas:

—Yo te levanté... ¿Quién era tu madre... sino

una «bagazza» que andaba con todos los hombres? ¿Qué has hecho de mi vida vos...?

—¡María, callate! —respondió con voz cavernosa don Gaetano.

—Sí, ¿quién te sacó el hambre y te vistió...? Yo, «strunzo»... yo te di de comer —y la mano de la mujer se levantó como si quisiera castigar la mejilla del hombre.

Don Gaetano retrocedió tembloroso.

Ella dijo con amargura en que temblaba un sollozo, un sollozo pesado de salitre:

—¿Qué has hecho de mi vida... puerco? Estaba en mi casa como clavel en la maceta, y no tenía necesidad de casarme con vos, «strunzo»...

Los labios de la mujer se torcieron convulsivamente, como si masticara un odio pegajoso, terrible.

Yo salí para echar a los curiosos del dintel del comercio.

—Dejalos, Silvio —me gritó imperativa—, que oigan quién es este sinvergüenza —y redondos los ojos verdes, dando la sensación de que su rostro se aproximaba, como en el fondo de una pantalla, prosiguió más pálida:

—Si yo fuera diferente, si anduviera por ahí vagando, viviría mejor... estaría lejos de un marrano como vos.

Callóse y reposó.

Ahora don Gaetano atendía a un señor de sobretodo, con grandes lentes de oro cabalgando en la fina nariz enrojecida por el frío.

Exaltada por su indiferencia, pues el hombre debía estar habituado a esas escenas y prefería ser insultado a perder sus beneficios, la mujer vociferó:

—No le haga caso, señor, ¿no ve que es un napolitano ladrón?

El señor anciano volvióse asombrado a mirar a la furia, y ella:

—Le pide veinte pesos por un libro que costó cuatro —y como don Gaetano no volvía las espaldas, gritó hasta que el rostro se le congestionó—: ¡Sí, sos un ladrón, un ladrón! —y le escupió su despecho, su asco.

El señor anciano dijo, calándose los lentes:

—Volveré otro día —y salió indignado.

Entonces doña María tomó un libro y bruscamente lo arrojó a la cabeza de don Gaetano, después otro y otro.

Don Gaetano pareció ahogarse de furor. De pronto arrancóse el cuello, la corbata negra y arrojóla al rostro de su mujer; luego se detuvo un momento como si hubiera recibido un golpe en las sienes y después echó a correr, salió hasta la calle, los ojos saltándole de las órbitas, y parándose en medio de la vereda, moviendo la rapada cabeza desnuda, señalándola como un loco a los transeúntes, los brazos extendidos, le gritó con voz desnaturalizada por el coraje:

—¡Bestia... bestia... bestión...!

Satisfecha, ella se allegó a mí:

—¿Has visto cómo es? No vale... ¡canalla! Te aseguro que a veces me dan ganas de dejarlo —y tornando al mostrador se cruzó de brazos, permaneciendo abstraída, la cruel mirada fija en la calle.

De pronto:

—Silvio.

—Señora.

—¿Cuántos días te debe?

—Tres, contando hoy, señora.

—Tomá —y, alcanzándome el dinero, agregó—: No le tengas fe, porque es un estafador... Estafó a una Compañía de Seguros; si yo quisiera, estaría en la cárcel.

Me dirigí a la cocina.

—¿Qué le parece esto, Miguel?

—El infierno, don Silvio. ¡Qué vida! ¡Dío Fetente!

Y el viejo, amenazando la altura con el puño, exhaló un largo suspiro, después inclinó la cabeza sobre el fuentón y siguió mondando patatas.

—¿Pero a qué vienen esos burdeles?

—Yo no sé... no tienen hijos... él no sirve...

—Miguel.

—Diga, señora.

La voz estridente ordenó:

—No hagas comida; hoy no se come. A quien no le guste, que se mande a mudar.

Fue el golpe de gracia. Algunas lágrimas corrieron por el ruinoso semblante del viejo famélico.

Pasaron unos instantes.

—Silvio.

—Señora.

—Tomá, son cincuenta centavos. Te vas a comer por ahí —y arropándose los brazos en los repliegues de la pañoleta verde, recobró su fiera posición habitual. En las mejillas lívidas dos lágrimas resbalaban lentamente hacia la comisura de su boca.

Conmovido, murmuré:

—Señora...

Ella me miró, y sin mover el rostro, sonriendo con una sonrisa convulsiva por lo extraña, dijo:

—Andá, y te volvés a las cinco.

Aprovechando la tarde libre resolví ir a verlo al señor Vicente Timoteo Souza, a quien había sido recomendado por un desconocido, que se dedicaba a las ciencias ocultas y demás artes teosóficas.

Presioné el llamador del timbre y permanecí mirando la escalera de mármol, cuya alfombra roja retenida por caños de bronce mojaba el sol a través de los cristales de la pesada puerta de hierro.

Reposadamente descendió el portero, trajeado de negro.

—¿Qué quiere?

—¿El señor Souza está?

—¿Quién es usted?

—Astier.

—As...

—Sí, Astier. Silvio Astier.

—Aguarde, voy a ver —y después de examinarme de pies a cabeza desapareció tras la puerta del recibimiento, cubierta de luengas cortinas blancoamarillas.

Esperaba afanado, con angustia, sabedor que una resolución de aquel gran señor llamado Vicente Timoteo Souza podía cambiar el destino de mi mocedad infortunada.

Nuevamente la pesada puerta se entreabrió y, solemne, me comunicó el portero:

—El señor Souza dice que se allegue dentro de media hora.

—Gracias... gracias... hasta luego —y me retiré pálido.

Entré en una lechería próxima a la casa y, sentándome junto a la mesa, pedí al mozo un café.

«Indudablemente —pensé—, si el señor Souza me recibe es para darme el empleo prometido.

»No —continué—, no tenía razón para pensar mal de Souza... Vaya a saber todas las ocupaciones que tenía para no recibirme...»

¡Ah, el señor Timoteo Souza!

Fui presentado a él una mañana de invierno por el teósofo Demetrio, que trataba de remediar mi situación.

Sentados en el hall, alrededor de una mesa tallada, de ondulantes contornos, el señor Souza, brillantes las descañonadas mejillas y las vivaces pupilas tras de los espejuelos de sus quevedos, conversaba. Recuerdo que vestía un velludo *déshabillé* con alamares de madreperla y bocamangas de nutria, especializando su cromo del *rastaquouère*, que por distraerse puede permitirse la libertad de conversar con un pobre diablo.

Hablábamos, y refiriéndose a mi posible psicología, decía:

—Remolinos de cabello, carácter indócil...; cráneo aplanado en el occipucio, temperamento razonador...; pulso trémulo, índole romántica...

El señor Souza, volviéndose al teósofo impasible, dijo:

—A este negro lo voy a hacer estudiar para médico. ¿Qué le parece, Demetrio?

El teósofo, sin inmutarse.

—Está bien..., aunque todo hombre puede ser útil a la humanidad, por más insignificante que sea su posición social.

—Je, je; usted siempre filósofo —y el señor Souza, volviéndose a mí, dijo:

—A ver... amigo Astier, escriba lo que se le ocurra en este momento.

Vacilé; después anoté con un precioso lapicero de oro que deferente el hombre me entregó:

«La cal hierve cuando la mojan.»

—¿Medio anarquista, eh? Cuide su cerebro, amiguito... cuídelo, que entre los 20 y los 22 años va a sufrir un *surmenage*.

Como ignoraba, pregunté:

—¿Qué quiere decir *surmenage*?

Palidecí. Aun cuando ahora lo recuerdo, me avergüenzo.

—Es un decir —reparó—. Todos nuestros sentimientos es conveniente que sean dominados. —Y prosiguió:

—El amigo Demetrio me ha dicho que ha inventado usted no sé qué cosas.

Por los cristales de la mampara penetraba gran claridad solar, y un súbito recuerdo de miseria me entristeció de tal forma que vacilé en responderle, pero con voz amarga lo hice:

—Sí, algunas cositas... un proyectil señalero, un contador automático de estrellas...

—Teoría... sueños... —me interrumpió restregándose las manos—. Yo lo conozco a Ricaldoni, y con todos sus inventos no ha pasado de ser un simple profesor de física. El que quiere enriquecerse tiene que inventar cosas prácticas, sencillas.

Me sentí laminado de angustia.

Continuó:

—El que patentó el juego del diábolo, ¿sabe usted quién fue...? Un estudiante suizo, aburrido de invierno en su cuarto. Ganó una barbaridad de pesos, igual que ese otro norteamericano que inventó un lápiz con gomita en un extremo.

Calló, y sacando una petaca de oro con un florón de rubíes en el dorso, nos invitó a cigarrillos de tabaco rubio.

El teósofo rehusó inclinando la cabeza, yo acepté. El señor Souza continuó:

—Hablando de otras cosas. Según me comunicó el amigo aquí presente, usted necesita un
empleo.

—Sí, señor, un empleo donde pueda progresar,
porque donde estoy...

—Sí... sí... ya sé, la casa de un napolitano... ya
sé... un sujeto. Muy bien, muy bien... creo que
no habrá inconvenientes. Escríbame una carta de-
tallándome todas las particularidades de su carácter, francamente y no dude de que yo le puedo
ayudar. Cuando yo prometo, cumplo.

Levantóse del sillón con negligencia.

—Amigo Demetrio... mayor gusto... venga a
verme pronto, que quiero enseñarle unos cuadros.
Joven Astier, espero su carta —y sonriendo,
agregó:

—Cuidadito con engañarme.

Una vez en la calle, dije entusiasmado al
teósofo:

—Qué bueno es el señor Souza... Y todo por
usted..., muchas gracias.

—Vamos a ver... vamos a ver...

Dejé de evocar, para preguntar qué hora era al
mozo de la lechería.

—Dos menos diez.

—¿Qué habrá resuelto el señor Souza?

En el intervalo de dos meses habíale escrito frecuentemente encareciéndole mi precaria situación,
y después de largos silencios, de breves esquelas

que no firmaba y escritas a máquina, el hombre
dineroso se dignaba recibirme.

—Sí, ha de ser dándome un empleo, quizá en la
administración municipal o en el gobierno. Si fuera cierto, ¡qué sorpresa para mamá! —y al recordarla, en esa lechería con enjambres de moscas
volando en torno a pirámides de alfajores y par
de leche, ternura súbita me humedeció los ojos.

Arrojé el cigarrillo y pagando lo consumido me
dirigí a casa de Souza.

Con violencia latían mis venas cuando llamé.

Retiré inmediatamente el dedo del botón del
timbre, pensando:

—No vaya a suponer que estoy impaciente para
que me reciba y esto le disguste.

¡Cuánta timidez hubo en el circunspecto llamado! Parecía que al apretar el botón del timbre,
quería decir:

—Perdóneme si le molesto, señor Souza... pero
tengo necesidad de un empleo...

La puerta se abrió.

—El señor... —balbucié.

—Pase.

De puntillas subí la escalera tras el fámulo.
Aunque las calles estaban secas, en el quitabarros
del dintel había frotado la suela de mis botines
para no ensuciar nada allí.

En el vestíbulo nos detuvimos. Estaba oscuro.

El criado junto a la mesa ordenó los tallos de
unas flores en su búcaro de cristal.

Se abrió una puerta, y el señor Souza comparació en traje de calle, centelleante la mirada tras los espejuelos de sus quevedos.

—¿Quién es usted? —me gritó con dureza. Desconcertado, repliqué:

—Pero, señor, yo soy Astier...

—No le conozco, señor; no me moleste más con sus cartas impertinentes. Juan, acompáñelo al señor.

Después, volviéndose, cerró fuertemente la puerta tras mis espaldas.

Y otra vez más triste, bajo el sol, emprendí el camino hacia la caverna.

Una tarde, después que se insultaron hasta enronquecer, la mujer de don Gaetano, comprendiendo que éste no abandonaría el comercio como otras veces, resolvió marcharse.

Salió hasta la calle Esmeralda y volvió al departamento con un lío blanco. Después, para perjudicar al marido que tarareaba insultante un *couplet* a la puerta de la caverna, se dirigió a la cocina y nos llamó a Dío Fetente y a mí. Me ordenó, pálida de rabia:

—Sacá esa mesa, Silvio. —Tenía los ojos más verdes que nunca y dos manchas de carmín en las mejillas. Sin cuidarse de que el borde de su pollera se ensuciaba en la humedad del cuchitril, inclinábase aderezando los enseres que se llevaría.

Yo, tratando de no mancharme de grasa, retiré la mesa, una tabla pringosa con cuatro patas podridas. Allí preparaba sus bodrios el lacerado Dío Fetente.

Dijo la mujer:

—Poné las patas para arriba.

Comprendí su pensamiento. Quería convertir el trasto en una angarilla.

No me equivoqué.

Dío Fetente barrió con la escoba muchas telas de araña del fondo de la mesa. Y después de cubrirla con un repasador, la mujer depositó en las tablas un bulto blanco, las ollas rellenadas de platos, cuchillos y tenedores, ató con un piolín el calentador *Primus* a una pata de la mesa y, congestionada de trajinar, dijo, viendo casi todo terminado:

—Que se vaya a comer a la fonda ese perro.

Acabando de arreglar los paquetes, Dío Fetente, inclinado sobre la mesa, parecía un cuadrumano con gorra, y yo, con los brazos en jarras, cavilaba pensando de dónde don Gaetano nos proporcionaría nuestra negra pitanza.

—Vos agarrá adelante.

Dío Fetente, resignado, cogió el borde del tablero y yo también.

—Caminá despacio —gritó la mujer, cruel.

Tumbando una pila de libros pasamos frente a don Gaetano.

—Andate, puerca..., andate —vociferó él.

Ella rechinó los dientes con furor.

—¡Ladrón!... Mañana va a venir el juez —y entre dos gestos de amenaza nos alejamos.

Eran las siete de la tarde y la calle Lavalle estaba en su más babilónico esplendor. Los cafés a través de las vidrieras veíanse abarrotados de consumidores; en los atrios de los teatros y cinematógrafos aguardaban desocupados elegantes, y los escaparates de las casas de modas con sus piernas calzadas de finas medias y suspendidas de brazos niquelados, las vidrieras de las ortopedias y joyerías mostraban en su opulencia la astucia de todos esos comerciantes halagando con artículos de malicia la voluptuosidad de las gentes poderosas en dinero.

Los transeúntes se desarrimaban a nuestro paso, no fuera los mancháramos con la mugre que llevábamos.

Avergonzado, pensaba en la traza de pícaro que tendría; y para colmo de infortunio como pregonando su ignominia los cubiertos y platos tintineaban escandalosamente. La gente se detenía a mirarnos pasar, regocijada con el espectáculo. Yo no detenía los ojos en nadie, tan humillado me sentía, y soportaba, como la mujer gorda y cruel que rompía la marcha, las cuchufletas que nuestra aparición provocaba.

Varios fiacres nos escoltaban ofreciéndonos los cocheros sus servicios, pero doña María, sorda a todos, caminaba delante de la mesa, cuyas patas se iluminaban al pasar frente a las vidrieras. Por fin, los cocheros desistieron de su persecución.

A momentos Dío Fetente volvía a mí su rostro barbudo sobre la bufanda verde. Gruesas gotas de sudor corríanle por las mejillas sucias, y en sus ojos lastimeros brillaba una perfecta desesperación canina.

En la plaza Lavalle descansamos. Doña María hizo depositar la angarilla en el suelo, y examinando escrupulosamente la carga, revisó el hatillo y acomodó las ollas, cuyas tapas reaseguró con las cuatro puntas del repasador.

Lustradores de botas y vendedores de diarios habían hecho un círculo en torno nuestro. La prudente presencia de un agente de policía nos evitó posibles complicaciones y nuevamente emprendimos el camino. Doña María iba a la casa de una hermana que vivía en las calles Callao y Viamonte.

A instantes volvía su rostro pálido, me miraba, una sonrisa leve le rizaba el labio descolorido, y decía:

—¿Estás cansado, Silvio? —y una sonrisa aligerábame de vergüenza; era casi una caricia que aliviaba el corazón del espectáculo de su crueldad—. ¿Estás cansado, Silvio?

—No, señora —y ella, tornando a sonreír con una sonrisa extraña que me recordaba la de Enrique Irzubeta cuando se escurrió entre los agentes de policía, animosamente avanzaba camino.

Ahora íbamos por calles solitarias, discretamente iluminadas, con plátanos vigorosos al borde de las aceras, elevados edificios de fachadas hermosas y vitrales cubiertos de amplios cortinados.

Pasamos junto a un balcón iluminado.

Un adolescente y una niña conversaban en la penumbra; de la sala anaranjada partía la melodía de un piano.

Todo el corazón se me empequeñeció de envidia y de congoja.

Pensé.

Pensé en que yo nunca sería como ellos..., nunca viviría en una casa hermosa y tendría una novia de la aristocracia.

Todo el corazón se me empequeñeció de envidia y de congoja.

—Ya estamos cerca —dijo la mujer.

Un amplio suspiro dilató nuestros pechos.

Cuando don Gaetano nos vio entrar en la caverna, levantando los brazos al cielo, gritó alegremente:

—¡A comer al hotel, muchachos!... ¿Eh, te gusta, don Miguel? Después vamos por ahí. Cerrá, cerrá la puerta, «strunzo».

Una sonrisa maravillosamente infantil demudó la sucia cara de Dío Fetente.

Algunas veces en la noche, yo pensaba en la belleza con que los poetas estremecieron al mundo, y todo el corazón se me anegaba de pena como una boca con un grito.

Pensaba en las fiestas a que ellos asistieron, las fiestas de la ciudad, las fiestas en los parajes alborados con antorchas de sol en los jardines florecidos, y de entre las manos se caía mi pobreza.

Ya no tengo ni encuentro palabras con qué pedir misericordia.

Baldía y fea como una rodilla desnuda es mi alma.

Busco un poema que no encuentro, el poema de un cuerpo a quien la desesperación pobló súbitamente en su carne, de mil bocas grandiosas, de dos mil labios gritadores.

A mis oídos llegan voces distantes, resplandores pirotécnicos, pero yo estoy aquí solo, agarrado por mi tierra de miseria como con nueve pernos.

Tercer piso, departamento 4, Charcas 1600. Tal era la dirección donde debía entregar el paquete de libros.

Extrañas y singulares son esas lujosas casas de departamentos.

Por fuera, con sus armoniosas líneas de metopas que realzan la suntuosidad de las cornisas complicadas y soberbias y con sus ventanales anchurosos protegidos de cristales ondulados, hacen soñar a los pobres diablos en verosímiles refinamientos de lujo y poderío; por dentro, la oscuridad polar de sus zaguanes profundos y solitarios espanta el espíritu del amador de los grandes cielos adornados de Walhallas de nubes.

Me detuve junto al portero, un atlético sujeto que metido en su librea azul leía con aire de suficiencia un periódico.

Como un cancerbero me examinó de pies a cabeza; después, satisfecho de comprobar hipotéticamente que yo no era un ladronzuelo, con una indulgencia que únicamente podía nacerle de la soberbia gorra azul de trancellín de oro sobre la visera, me dio permiso para entrar, dándome por toda indicación:

—El ascensor, a la izquierda.

Cuando salí de la jaula de hierro me encontré en un corredor oscuro, de cielo raso bajo.

Una lámpara esmerilada difundía su claridad mortecina por el mosaico lustroso.

La puerta del departamento indicado era de una sola hoja, sin cristales, y parecía por su pequeña y redonda cerradura de bronce la puerta de una monumental caja de acero.

Llamé, y una criada de sayas negras y delantal blanco me hizo entrar a una salita tapizada de papel azul, surcada de lívidos floripones de oro.

A través de los cristales cubiertos de gasa moaré penetraba una azulada claridad de hospital. Piano, niñerías, bronces, floreros, todo lo miraba. De pronto un delicadísimo perfume anunció su presencia; una puerta lateral se abrió y me encontré ante una mujer de rostro aniñado, liviana melenita encrespada junto a las mejillas y amplio escote. Un velludo batón color cereza no alcanzaba a cubrir sus pequeñas chinelas blanco y oro.

—Qu'y a t-il, Fanny?

—Quelques livres pour Monsieur...

—¿Hay que pagarlos?

—Están pagados.

—Qui...

—C'est bien. Donne le pourboire au garçon.

De una bandeja la criada cogió algunas monedas para entregármelas, y entonces le respondí:

—Yo no recibo propinas de nadie.

Con dureza la criada retrajo la mano, y entendió mi gesto la cortesana, creo que sí, porque dijo:

—Très bien, très bien, et tu ne reçois pas ceci?

Y antes de que lo evitara, o mejor dicho, que lo acogiera en toda su plenitud, la mujer riendo me besó en la boca, y la vi aún cuando desaparecía riendo como una chiquilla por la puerta entornada.

Dío Fetente se ha despertado y comienza a vestirse, es decir, a ponerse los botines. Sentado al borde del camastro, sucio y barbudo, mira en redor con aire aburrido. Alarga el brazo y coge la gorra, entrándosela en la cabeza hasta las orejas;

luego se mira los pies encalcetados de groseras medias rojas, y después, hundiendo el dedo meñique en la oreja, lo sacude rápidamente produciendo un ruido desagradable. Termina por decidirse y se pone los botines; luego, encorvado, camina hacia la puerta del cuartujo, se vuelve, mira por el suelo, y hallando una colilla de cigarro la levanta, sopla el polvo adherido y la enciende. Sale.

En los mosaicos de la terraza escucho cómo arrastra los pies. Yo me dejo estar. Pienso, no, no pienso, mejor dicho, recibo de mi adentro una nostalgia dulce, un sufrimiento más dulce que una incertidumbre de amor. Y recuerdo a la mujer que me ha dado un beso de propina.

Estoy colmado de imprecisos deseos, de una vaguedad que es como neblina, y adentrándose en todo mi ser, lo torna casi aéreo, impersonal y alado. Por momentos el recuerdo de una fragancia, de la blancura de un pecho, me atraviesa unánime, y sé que si me encontrara otra vez junto a ella desfallecería de amor; pienso que no me importaría pensar que ha sido poseída por muchos hombres y que si me encontrara otra vez junto a ella, en esa misma sala azul, yo me arrodillaría en la alfombra y pondría la cabeza sobre su regazo, y por el júbilo de poseerla y amarla haría las cosas más ignominiosas y las cosas más dulces.

Y a medida que se destrenza mi deseo, reconstruyo los vestidos con que la cortesana se embellecerá, los sombreros armoniosos con que se cubrirá para ser más seductora, y la imagino junto a su lecho, en una semidesnudez más terrible que el desnudo.

Y aunque el deseo de mujer me surge lentamente, yo desdoblo mis actos y preveo qué felicidad sería para mí un amor de esa índole, con riquezas y con gloria; imagino qué sensaciones cundirían en mi organismo si de un día para otro, riquísimo, despertara en ese dormitorio con mi joven querida calzándose semidesnuda junto al lecho, como lo he visto en los cromos de los libros viciosos.

Y de pronto, todo mi cuerpo, mi pobre cuerpo de hombre clama al Señor de los Cielos:

—¡Y yo, yo, Señor, no tendré nunca una querida tan linda como esa querida que lucen los cromos de los libros viciosos!

Una sensación de asco empezó a encorajinar mi vida dentro de aquel antro, rodeado de esa gente que no vomitaba más que palabras de ganancia o ferocidad. Me contagiaron el odio que a ellos les crispaba las jetas y momentos hubo en que percibí dentro de la caja de mi cráneo una neblina roja que se movía con lentitud.

Cierto cansancio terrible me aplastaba los brazos. Veces hubo en que quise dormir dos días con sus dos noches. Tenía la sensación de que mi espíritu se estaba ensuciando, de que la lepra de esa gente me agrietaba la piel del espíritu, para excavar allí sus cavernas oscuras. Acostábame rabioso, despertaba taciturno. La desesperación me ensanchaba las venas, y sentía entre mis huesos y mi piel el crecimiento de una fuerza antes desconocida a mis sensorios. Así permanecía horas enconado, en una abstracción dolorosa. Una noche, doña María, encolerizada, me ordenó que limpiara la letrina porque estaba asquerosa. Y obedecí sin decir palabra. Creo que yo buscaba los motivos para multiplicar en mi interior una finalidad oscura.

Otra noche, don Gaetano, riéndose, al querer yo salir, me puso una mano sobre el estómago y otra sobre el pecho para cerciorarse de que no le robaba libros, llevándolos ocultos en esos lugares. No pude indignarme ni sonreír. Era necesario eso, sí, eso; era necesario que mi vida, la vida que durante nueve meses había nutrido con pena un vientre de mujer, sufriera todos los ultrajes, todas las humillaciones, todas las angustias.

Allí comencé a quedarme sordo. Durante algunos meses perdí la percepción de los sonidos. Un silencio afilado, porque el silencio puede adquirir hasta la forma de una cuchilla, cortaba las voces en mis orejas.

No pensaba. Mi entendimiento se embotó en un rencor cóncavo, cuya concavidad día a día hacíase más amplia y acorazada. Así se iba retobando mi rencor.

Me dieron una campana, un cencerro. Y era divertido, ¡vive Dios!, mirar un palafustán de mi estatura dedicado a tan bajo menester. Me estacionaba a la puerta de la caverna en las horas de mayor tráfico en la calle, y sacudía el cencerro para llamar a la gente, para hacer volver la cabeza a la gente, para que la gente supiera que allí se vendían libros, hermosos libros..., y que las nobles historias y las altas bellezas había que mercarlas con el hombre solapado o con la mujer gorda y pálida. Y yo sacudía el cencerro.

Muchos ojos me desnudaron lentamente. Vi rostros de mujeres que ya no olvidaré jamás. Vi sonrisas que aún me gritan su befa en los ojos...

¡Ah! cierto es que estaba cansado... ¿mas no está escrito: «ganarás el pan con el sudor de tu frente»?

Y fregué el piso, pidiendo permiso a deliciosas doncellas para poder pasar el trapo en el lugar que ellas ocupaban con sus piececillos, y fui a la compra con una cesta enorme; hice recados... Posiblemente, si me hubieran escupido a la cara, me limpiara tranquilo con el revés de la mano.

Cayó sobre mí una oscuridad cuyo tejido se espesaba lentamente. Perdí en la memoria los contornos de los rostros que yo había amado con recogimiento lloroso; tuve la noción de que mis días estaban distanciados entre sí por largos espacios de tiempo... y mis ojos se secaron para el llanto.

Entonces repetí las palabras que antes habían tenido un sentido pálido en mi experiencia.

—Sufrirás —me decía—, sufrirás... sufrirás... sufrirás...

—Sufrirás... sufrirás...

—Sufrirás... —y la palabra se me caía de los labios.

Así maduré todo el invierno infernal.

Una noche, fue en el mes de julio, precisamente en el momento en que Gaetano cerraba la puertecilla de la cortina metálica, doña María recordó que se había olvidado en la cocina un atado de ropa que trajera esa tarde la lavandera. Entonces dijo:

—Che, Silvio, vení, vamos a traerla.

Mientras don Gaetano encendía la luz, la acompañé. Recuerdo con exactitud.

El bulto estaba en el centro de la cocina, sobre una silla. Doña María, dándome las espaldas, cogió la oreja de trapo del bulto. Yo, al volver los ojos, vi unos carbones encendidos en el brasero. Y en aquel brevísimo intervalo pensé:

—Eso es... —y sin vacilar, cogiendo una brasa, la arrojé a un montón de papeles que estaba a la orilla de una estantería cargada de libros, mientras doña María se ponía a caminar.

Después don Gaetano hizo girar la llave del conmutador, y nos encontramos en la calle.

Doña María miró al cielo constelado.

—Linda noche... va a helar... —Yo también miré a lo alto.

—Sí, es linda la noche.

Mientras Dío Fetente dormía, yo, incorporado
en mi yacija, miraba el círculo blanco de luz que
por el ojo de buey se estampaba en el muro desde
la calle.

En la oscuridad yo sonreía libertado... libre...
definitivamente libre, por la conciencia de hombría
que me daba mi acto anterior. Pensaba, mejor dicho, anudaba delicias.

—Esta es la hora de las *cocottes*.

Una cordialidad fresca como un vasito de vino,
hacíame fraternizar con todas las cosas del mundo, a esas horas despiertas. Decía:

—Esta es la hora de las muchachitas... y de los
poetas... pero qué ridículo soy... y sin embargo,
yo te besaría los pies.

—Vida, Vida, qué linda sos, Vida... ¡ah...! ¿pero vos no sabés?, yo soy el muchacho... el dependiente... sí, de don Gaetano... y sin embargo yo
amo a todas las cosas más hermosas de la Tierra...
quisiera ser lindo y genial... vestir uniformes resplandecientes... y ser taciturno... Vida, qué linda

sos. Vida... qué linda... Dios mío, qué linda que sos.

Encontraba placer en sonreír despacio. Pasé dos dedos en horqueta por las crispaciones de mis mejillas. Y el graznido de las bocinas de los automóviles se estiraba allá abajo, en la calle Esmeralda, como un ronco pregón de alegrías.

Después incliné la cabeza sobre mi hombro y cerré los ojos, pensando:

—¿Qué pintor hará el cuadro del dependiente dormido, que en sueños sonríe porque ha encendido la ladronera de su amo?

Después, lentamente, se disipó la liviana embriaguez. Vino una seriedad sin ton ni son, una de esas seriedades que es de buen gusto ostentarla en los parajes poblados. Y yo sentía ganas de reírme de mi seriedad intempestiva, paternal. Pero como la seriedad es hipócrita, necesita hacer esa comedia de la «conciencia» en el cuartujo, y me dije:

—Acusado... Usted es un canalla..., un incendiario. Usted tiene bagaje de remordimientos para toda la vida. Usted va a ser interrogado por la policía y los jueces y el diablo... póngase serio, acusado... Usted no comprende que es necesario ser serio... porque va a ir de cabeza a un calabozo.

Pero mi seriedad no me convencía. Sonaba tan a tacho de lata vacía. No, ni en serio podía tomar esa mistificación. Yo ahora era un hombre libre, ¿y qué tiene que ver la sociedad con esa libertad?

Yo ahora era libre, podía hacer lo que se me antojara... matarme si quería... pero eso era algo ridículo... y yo... yo tenía necesidad de hacer algo hermosamente serio, bellamente serio: adorar a la Vida. Y repetí:

—Sí, Vida... vos sos linda, Vida... ¿sabés? De aquí en adelante adoraré a todas las cosas hermosas de la Tierra... cierto... adoraré los árboles, y a las casas y los cielos... adoraré todo lo que está en vos... además... decime, Vida, ¿no es cierto que yo soy un muchacho inteligente? ¿Conociste vos alguno que fuese como yo?

Después me quedé dormido.

El primero en entrar a la librería esa mañana fue don Gaetano. Yo le seguí. Todo estaba como lo habíamos dejado. La atmósfera con un relente de moho, y allá en el fondo, en el lomo de cuero de los libros, una mancha de sol que se filtraba por el tragaluz.

Me dirigí a la cocina. La brasa se había extinguido, aún húmeda de agua, con la que hiciera un charco al lavar los platos Dío Fetente.

Y fue el último día que trabajé allí.

Capítulo III
EL JUGUETE RABIOSO

Después de lavar los platos, de cerrar las puertas y abrir los postigos, me recosté en el lecho, porque hacía frío.

Sobre la tapia, el sol enrojecía oblicuamente los ladrillos.

Mi madre cosía en otra habitación y mi hermana preparaba sus lecciones. Me dispuse a leer. Sobre una silla, junto al respaldar del lecho, tenía las siguientes obras:

Virgen y madre de Luis de Val, *Electrotécnica* de Bahía y un *Anticristo* de Nietzsche. La *Virgen y madre,* cuatro volúmenes de 1.800 páginas cada uno, me lo había prestado una vecina planchadora.

Ya cómodamente acostado, observé con displicencia *Virgen y madre.* Evidentemente, hoy no me encontraba dispuesto a la lectura del novelón truculento y entonces decidido cogí la *Electrotécnica* y me puse a estudiar la teoría del campo magnético giratorio.

Leía despacio y con satisfacción. Pensaba, ya interiorizado de la complicada explicación acerca de las corrientes polifásicas.

—Es síntoma de una inteligencia universal poder regalarse con distintas bellezas, y los nombres de Ferranti y Siemens Halscke resonaban en mis oídos armoniosamente.

Pensaba:

—Yo también algún día podré decir ante un congreso de ingenieros: «Sí, señores... las corrientes electromagnéticas que genera el sol, pueden ser utilizadas y condensadas.» ¡Qué bárbaro, primero condensadas, después utilizadas! —diablo, ¿cómo podían condensarse las corrientes electromagnéticas del sol?

Sabía, por noticias científicas que aparecen en distintos periódicos, que Tesla, el mago de la electricidad, había ideado un condensador del rayo.

Así soñaba hasta el anochecer, cuando en la habitación contigua escuché la voz de la señora Rebeca Naidath, amiga de mi madre.

—¡Hola! ¿cómo está, *frau Drodman?* ¿cómo está mi hijita?

Levanté la cabeza del libro para escuchar.

La señora Rebeca pertenecía al rito judío. Su

alma era ruin, porque su cuerpo era pequeño. Caminaba como una foca y escudriñaba como un águila... Yo la detestaba por ciertas trastadas que me había hecho.

—¿Silvio no está? Tengo que hablarle. —En un santiamén estuvo en la otra habitación.

—¡Hola! ¿Cómo le va, *frau*, qué hay de nuevo?

—¿Tú sabes mecánica?

—Claro... Algo sé. ¿No le enseñaste, mamá, la carta de Ricaldoni?

Efectivamente, Ricaldoni me había felicitado por algunas combinaciones mecánicas absurdas que yo había ideado en mis horas de vagancia.

La señora Rebeca dijo:

—Sí, yo la vi. Toma —alcanzándome un diario en cuya página su dedo de uña orlada de mugre señalaba un aviso, comentó:

—Mi marido me dijo que viniera y te avisara. Lee:

Con los puños en las caderas echaba el busto hacia mí. Se tocaba con un sombrerito negro cuyas plumas desbarbadas colgaban lamentables. Sus pupilas negras me inspeccionaban irónicamente el rostro, y a momentos, apartando una mano de la cadera, se rascaba con los dedos la encorvada nariz.

Leí:

«Se necesitan aprendices para mecánicos de aviación. Dirigirse a la Escuela Militar de Aviación. Palomar de Caseros.»

—Sí, tomas el tren a La Paternal, le dices al guarda que te baje en La Paternal, tomas el 88. Te deja en la puerta.

—Sí, anda hoy, Silvio, es mejor —indicó mi madre sonriendo esperanzada. Ponete la corbata azul. Ya está planchada y le cosí el forro.

De un salto me planté en mi cuarto y en tanto me trajeaba, escuché a la judía que narraba con voz lamentosa una riña con su marido.

—¡Qué cosa, *frau Drodman!* Vino borracho, bien borracho. Maximito no estaba, había ido a Quilmes a ver un trabajo de pintura. Yo estaba en la cocina, salgo afuera, y me dice mostrándome el puño así:

«La comida, pronto... ¿Y el canalla de tu hijo por qué no vino a la obra? Qué vida, *frau,* qué vida... Voy a la cocina y ligerito prendo el gas. Pensaba que si venía Maximito iba a suceder un bochinche, y temblaba, *frau.* ¡Dios mío! Ligerito le traigo el sartén con el hígado y huevos fritos en manteca. Porque a él no le gusta el aceite. Y lo hubiera visto, *frau,* abre los ojos grandes, frunce la nariz y me dice:

«Perra, esto está podrido» y eran frescos los huevos. ¡Qué vida, *frau,* qué vida!... Hasta la hermosa sopera, ¿se acuerda, *frau?,* hasta la hermosa sopera se rompió. Yo tenía miedo y como me fui, él vino y pum, pum, se daba tremendos puñetazos en el pecho... ¡Qué cosa horrible!, y me gritó cosas que nunca, *frau,* me gritó: «¡Cochina, quiero lavarme las manos con tu sangre!»

Se oía suspirar profundamente a la señora Naidath.

Los percances de la mujer me divertían. En tanto hacía el lazo de mi corbata, me imaginaba sonriendo al grandullón de su marido, un canoso polaco, con nariz de cacatúa, vociferando tras de doña Rebeca.

El señor Josías Naidath era un hebreo más generoso que un etman del siglo de Sobiesky. Hombre raro. Detestaba a los judíos hasta la exasperación, y su antisemitismo grotesco se exteriorizaba en un léxico fabuloso por lo obsceno. Natural, su odio era colectivo.

Amigos especuladores le habían engañado muchas veces, pero no quería convencerse de ello y en su casa, para desesperación de la señora Rebeca, siempre podían encontrarse inmigrantes alemanes gordos y aventureros de miserable traza, que se hartaban en torno de la mesa con chucrut y salchicha, y que reían con gruesas carcajadas, moviendo los inexpresivos ojos azules.

El judío les protegía hasta que encontraban trabajo, valiéndose de las relaciones que como pintor y francmasón tenía. Algunos le robaron; hubo un pillastre que del día a la noche desapareció de una casa en refacción llevándose escaleras, tablones y pinturas.

Cuando el señor Naidath supo que el sereno, su protegido, se había despachado en tal forma, puso el grito en el cielo. Parecía el dios Thor enfurecido... mas no hizo nada.

Su esposa era el prototipo de la judía avara y sórdida.

Recuerdo que cuando mi hermana era más pequeña, estaba un día de visita en su casa. Con candidez admiraba un hermoso ciruelo cargado de fruta en sazón, y como es lógico, apetecía la fruta y le pedía con palabras tímidas.

Entonces la señora Rebeca la reprendió:

—Hijita... Si tenés ganas de comer ciruela, podés comprar toda la que quieras en el mercado.

—Sírvase el té, señora Naidath.

La judía continuaba narrando lamentosamente:

—Después me gritaba, y todos los vecinos oían, *frau;* me gritaba: «Hija de carnicero judío, judía cochina, protectora de tu hijo.» Como si él no fuera judío, como si Maximito no fuera su hijo.

Efectivamente, la señora Naidath y el cernícalo de Maximito se entendían admirablemente para engañarlo al francmasón y sonsacarle dinero que gastaban en tonterías, complicidad de la que era sabedor el señor Naidath, y que sólo mentándola le sacaba de sus casillas.

Maximito, origen de tantas desavenencias, era un badulaque de veintiocho años, que se avergonzaba de ser judío y tener la profesión de pintor.

Para disimular su condición de obrero, vestía como un señor, gastaba lentes y de noche antes de acostarse se untaba las manos con glicerina.

De sus barrabasadas yo conocía algunas sabrosísimas.

Cierta vez cobró clandestinamente un dinero debitado por un hostelero a su padre. Tendría entonces veinte años y sintiéndose con aptitudes de músico, invirtió el importe en un arpa magnífica y dorada. Maximito explicó, por sugerencia de su madre, que había ganado unos pesos con un quinto de lotería, y el señor Naidath no dijo nada, pero escamado miró de reojo el arpa, y los culpables temblaron como en el paraíso Adán y Eva cuando los observó Jehová.

Pasaron los días. En tanto, Maximito tañía el arpa y la vieja judía se regocijaba. Estas cosas suelen suceder. La señora Rebeca decía a sus amistades que Maximito tenía grandes condiciones de arpista, y la gente, después de admirar el arpa en un rincón del comedor, decía que sí.

Sin embargo, a pesar de su generosidad, el señor Josías era un hombre prudente ciertas veces y pronto se hizo cargo por qué trapacería era dueño del arpa el magnánimo Maximito.

En esta circunstancia, el señor Naidath, que tenía una fuerza espantosa, estuvo a la altura de las circunstancias, y como recomienda el salmista, habló poco y obró mucho.

Era sábado, pero al señor Josías, importábale un ardite el precepto mosaico, a vía de prólogo sacudió dos puntapiés al trasero de su mujer, cogió a Maximito del cuello y después de quitarle el polvo lo condujo a la puerta de calle, y a los vecinos que en mangas de camisa se divertían inmensamente con el barullo, desde la ventana del comedor les arrojó el arpa a las cabezas.

Esto ameniza la vida, y por eso la gente decía del judío:

—¡Ah! el señor Naidath... es una buena persona.

Terminado de acicalarme, salí.

—Bueno, hasta luego *frau*, saludos a su esposo y a Maximito.

—¿No le das las gracias? —interrumpió mi madre.

—Ya se las di antes.

La hebrea levantó los ojillos envidiosos de las rebanadas de pan untadas de manteca y con flojedad me estrechó las manos. Ya reaccionaban en ella los deseos de verme fracasado en mis gestiones.

Anochecido, llegué al Palomar.

Al preguntarle por él, un viejo que fumaba sentado en un bulto, bajo el farol verde de la estación, con un mínimo gasto de gestos, me indicó el camino entre las tinieblas.

Comprendí que me las había con un indiferente; no quise abusar de su parquedad, sabiendo casi tanto como antes de interrogarle, le di las gracias y emprendí el camino.

Entonces el viejo me gritó:

—Diga, niño, ¿no tiene diez centavos?

Pensé no beneficiarlo, mas reflexionando rápidamente, me dije que si Dios existía podría ayudarme en mi empresa como yo lo hacía con el viejo y no sin secreta pena me acerqué para entregarle una moneda.

Entonces el andrajoso fue más explícito. Abandonó el bulto y con tembloroso brazo extendido hacia la oscuridad señaló:

—Vea, niño... siga derechito, derechito y a la izquierda está el casino de los oficiales.

Caminaba.

El viento removía los follajes resecos de los eucaliptus, y cortándose en los troncos y los altos hilos del telégrafo, silbaba ululante.

Cruzando el fangoso camino, palpando los alambres de los cercos, y cuando lo permitía la dureza del terreno rápido, llegué al edificio que el viejo ubicara a la izquierda con el nombre de Casino.

Indeciso, me detuve. ¿Llamaría? Tras de las barandas del chalet, frente a la puerta, no había ningún soldado de guardia.

Subí tres escalones, y audazmente —así pensaba entonces— me interné en un estrecho corredor de madera, material de que estaba construido todo el edificio, y me detuve frente a la puerta de una oblonga habitación, cuyo centro ocupaba una mesa.

En derredor de ella, tres oficiales, uno recostado en un sofá junto al trinchante, otro de codos en la mesa, y un tercero con los pies en el aire, pues apoyaba el respaldar de la silla en el muro, conversaban con displicencia frente a cinco botellas de colores distintos.

—¿Qué quiere usted?

—Me he presentado, señor, por el aviso.

—Ya se llenaron las vacantes.

Objeté, sumamente tranquilo, con una serenidad que me nacía de la poca suerte:

—Caramba, es una lástima, porque yo soy medio inventor, me hubiera encontrado en mi ambiente.

—¿Y qué ha inventado usted? Pero entre, siéntese —habló un capitán incorporándose en el sofá.

Respondí sin inmutarme:

—Un señalador automático de estrellas fugaces, y una máquina de escribir con caracteres de imprenta lo que se le dicta. Aquí tengo una carta de felicitación que me ha dirigido el físico Ricaldoni.

No dejaba de ser curioso esto para los tres oficiales aburridos, y de pronto comprendí que les había interesado.

—A ver, tome asiento —me indicó uno de los tenientes examinando mi catadura de pies a cabeza—. Explíquenos sus famosos inventos. ¿Cómo se llamaban?

—Señalador automático de estrellas fugaces, señor oficial.

Apoyé mis brazos en la mesa, y miré con mirada que me parecía investigadora, los semblantes de líneas duras y ojos inquisidores, tres rostros curtidos de dominadores de hombres, que me observaban entre curiosos e irónicos. Y en aquel instante, antes de hablar, pensé en los héroes de mis lecturas predilectas y la catadura de Rocambole, del Rocambole con gorra de visera de hule y sonrisa canalla en la boca torcida, pasó por mis ojos incitándome al desparpajo y a la actitud heroica.

Confortado, segurísimo de no incurrir en errores, dije:

—Señores oficiales: ustedes sabrán que el selenio conduce la corriente eléctrica cuando está iluminado; en la oscuridad se comporta como un aislador. El señalador no consistiría nada más que en una célula de selenio, conectada con un electroimán. El paso de una estrella por el retículo del selenio, sería señalada por un signo, ya que la claridad del meteoro, concentrada por un lente cóncavo, pondría en condiciones de conductor al selenio.

—Está bien. ¿Y la máquina de escribir?

—La teoría es la siguiente. En el teléfono el sonido se convierte en una onda electromagnética.

»Si medimos con un galvanómetro de tangente la intensidad eléctrica producida por cada vocal y consonante, podemos calcular el número de amperios vueltas, necesarios para fabricar un teclado magnético, que responderá a la intensidad de corriente de cada vocal.

El ceño del teniente acentuóse.

—No está mala la idea, pero usted no tiene en cuenta la dificultad de crear electroimanes que respondan a alteraciones eléctricas tan ínfimas y eso sin contar las variaciones del timbre de voz, el magnetismo remanente; otro problema muy serio y el peor, quizá, que las corrientes se distribuyan por sí mismas en los electroimanes correspondientes. ¿Pero tiene usted allí la carta de Ricaldoni?

El teniente se inclinó sobre ella; después entregándola a otro de los oficiales, me dijo:

—¿Ha visto usted? Los inconvenientes que yo le planteo, también los señala Ricaldoni. Su idea, en principio, es muy interesante. Yo le conozco a Ricaldoni. Ha sido mi profesor. Es un sabio el hombre.

—Sí, bajito, gordo, bastante gordo.

—¿Quiere servirse un vermouth? —me ofreció el capitán sonriendo.

—Muchas gracias, señor. No tomo.

—Y de mecánica, ¿sabe algo?

—Algo. Cinemática... Dinámica... Motores a vapor y explosión; también conozco los motores de aceite crudo. Además, he estudiado química y explosivos, que es una cosa interesante.

—También. ¿Y qué sabe de explosivos?

—Pregúnteme usted —repliqué sonriendo.

—Bueno, a ver, ¿qué son fulminantes?

Aquello tomaba visos de un examen, y echándomelas de erudito, respondí:

—El capitán Cundill, en su *Diccionario de explosivos,* dice que los fulminantes son las sales metálicas de un ácido hipotético llamado fulminato de hidrógeno. Y son simples o dobles.

—A ver, a ver: un fulminato doble.

—El de cobre, que son cristales verdes y producidos haciendo hervir fulminato de mercurio, que es simple, con agua y cobre.

—Es notable lo que sabe este muchacho. ¿Qué edad tiene usted?

—Dieciséis años, señor.

—¿Dieciséis años?

—¿Se da cuenta, capitán? Este joven tiene un gran porvenir. ¿Qué le parece que le hablemos al capitán Márquez? Sería una lástima que no pudiera ingresar.

—Indudablemente —y el oficial del cuerpo de ingenieros se dirigió a mí.

—Pero, ¿dónde diablos ha estudiado usted todas esas cosas?

—En todas partes, señor. Por ejemplo: voy por la calle y en una casa de mecánica veo una máquina que no conozco. Me paro, y me digo estudiando las diferentes partes de lo que miro: esto debe funcionar así y así, y debe servir para tal cosa. Después que he hecho mis deducciones, entro al negocio y pregunto, y créame, señor, raras veces me equivoco. Además, tengo una biblioteca regular, y si no estudio mecánica, estudio literatura.

—¿Cómo —interrumpió el capitán—, también literatura?

—Sí, señor, y tengo los mejores autores: Baudelaire, Dostoievski, Baroja.

—Che, ¿no será un anarquista, éste?

—No, señor capitán. No soy anarquista. Pero me gusta estudiar, leer.

—¿Y qué opina su padre de todo esto?

—Mi padre se mató cuando yo era muy chico.

Súbitamente callaron. Mirándome, los tres oficiales se miraron.

Afuera silbaba el viento, y en mi frente se ahondó más el signo de la atención.

El capitán se levantó y le imité.

—Mire, amiguito, lo felicito, véngase mañana. Esta noche trataré de verlo al capitán Márquez, porque usted lo merece. Eso es lo que necesita el ejército argentino. Jóvenes que quieran estudiar.

—Gracias, señor.

—Mañana, si quiere verme, con el mayor gusto

lo voy a atender. Pregunte usted por el capitán Bossi.

Grave de inmensa alegría, me despedí.

Ahora cruzaba las tinieblas, saltaba los alambrados, estremecido de un coraje sonoro.

Más que nunca se afirmaba la convicción del destino grandioso a cumplirse en mi existencia. Yo podría ser un ingeniero como Edison, un general como Napoleón, un poeta como Baudelaire, un demonio como Rocambole.

Séptima alegría. Por elogio de los hombres, he gozado noches tan estupendas, que la sangre, en una muchedumbre de alegrías, me atropellaba el corazón, y yo creía, sobre las espaldas de mi pueblo de alegrías, cruzar los caminos de la tierra, semejante a un símbolo de juventud.

Creo que fuimos escogidos treinta aprendices para mecánicos de aeroplanos entre doscientos solicitantes.

Era una mañana gris. El campo se extendía a lo lejos, áspero. De su continuidad verde gris se desprendía un castigo sin nombre.

Acompañados por un sargento pasamos junto a los hangares cerrados, y en la cuadra nos vestimos con ropa de fajina.

Lloviznaba, y a pesar de ello un cabo nos condujo a hacer gimnasia en un potrero situado tras de la cantina.

No era difícil. Obedeciendo a las voces de mando dejaba entrar en mí la indiferente extensión de la llanura. Esto hipnotizaba el organismo, dejando independientes los trabajos de la pena.

Pensaba:

—Si ella ahora me viera, ¿qué diría?

Dulcemente, como una sombra en un muro blanqueado de luna, pasó toda ella, y en cierto anochecimiento lejano vi el semblante de imploración de la niña inmóvil junto al álamo negro.

—A ver si se mueve, recluta —me gritó el cabo.

A la hora del rancho, chapoteando en el barro, nos acercamos a las ollas hediondas de comida. Bajo los tachos humeaban los leños verdes. Apretujándonos extendíamos al cocinero los platos de lata.

El hombre hundía su cucharón en la bazofia, y un tridente en otra olla, luego nos apartábamos para devorar.

En tanto comía, recordé a don Gaetano y a la mujer cruel. Y aunque no habían transcurrido, yo percibía inmensos espacios de tiempo entre mi ayer taciturno y mi hoy vaciloso.

Pensé:

—Ahora que todo ha cambiado, ¿quién soy yo dentro del amplio uniforme?

Sentado junto a la cuadra, observaba la lluvia cayente a intervalos, y con el plato encima de las rodillas no podía apartar los ojos del arco de horizonte, tumultuoso a pedazos, liso como una franja de metal en otros y aleonado tan despiadadamente, que el frío de su altura en la caída penetraba hasta los huesos.

Algunos aprendices amontonados en la escuadra reían, y otros, inclinados en una pileta para abrevar caballos, se lavaban los pies.

Me dije:

—Y así es la vida, quejarse siempre de lo que fue. Con cuánta lentitud caían los hilos de agua. Y así era la vida. Dejé el plato en tierra, para agrandar mis cavilaciones con estas ansiedades.

¿Saldría yo alguna vez de mi ínfima condición social, podría convertirme algún día en un señor, dejar de ser el muchacho que se ofrece para cualquier trabajo?

Pasó un teniente y adopté la posición militar... Después me dejé caer en un rincón y la mesa se me hizo más honda.

En el futuro, ¿no sería yo uno de esos hombres que llevan cuellos sucios, camisas zurcidas, traje color vinoso y botines enormes, porque en los pies le han salido callos y juanetes de tanto caminar solicitando de puerta en puerta trabajo en qué ganarse la vida?

Me tembló el alma. ¿Qué hacer, qué podría hacer para triunfar, para tener dinero, mucho dinero? Seguramente no me iba a encontrar en la calle una cartera con diez mil pesos. ¿Qué hacer, entonces? Y no sabiendo si pudiera asesinar a alguien, si al menos hubiera tenido algún pariente rico, a quien asesinar y responderme, comprendí que nunca me resignaría a la vida penuriosa que sobrellevaban naturalmente la mayoría de los hombres.

De pronto se hizo tan evidente en mi conciencia la certeza de que ese anhelo de distinción me acompañaría por el mundo, que me dije:

—No me importaría no tener traje, ni plata, ni nada —y casi con vergüenza me confesé—: Lo que yo quiero es ser admirado por los demás, elogiado de los demás. ¡Qué me importa ser un perdulario! Eso no me importa... Pero esta vida mediocre... Ser olvidado cuando muera, esto sí que es horrible. ¡Ah, si mis inventos dieran resultado! Sin embargo, algún día moriré, y los trenes seguirán caminando, y la gente irá al teatro como siempre, y yo estaré muerto, bien muerto... muerto para toda la vida.

Un escalofrío me erizó el vello de los brazos. Frente al horizonte recorrido por navíos de nubes, la convicción de una muerte eterna espantaba mi carne. Apresurado, cogiendo el plato, fui a la pileta.

¡Ah, si se pudiera descubrir algo para no morir nunca, vivir aunque fueran quinientos años!

El cabo que dirigía los ejercicios de instrucción, me llamó:

—En seguida, mi cabo 1°.

Durante el ejercicio, por intermedio de un sargento, había solicitado permiso al capitán Márquez, con objeto de pedirle consejo acerca de un mortero de trinchera que había ideado, para arrojar proyectiles que permitieran destruir mayor cantidad de hombres que los *schrapnells* con sus explosivos.

Interiorizado de mi vocación, el capitán Márquez acostumbraba a escucharme, y en tanto yo hablaba esquematizando en la pizarra, él, tras los espejuelos de sus lentes, me miraba sonriendo con una sonrisa de curiosidad, de burla y de indulgencia.

Dejé el plato en la bolsa de servicio y rápidamente me dirigí al casino de oficiales.

Ahora estaba en su habitación. Junto al muro, un lecho de campaña, un estante con revistas y cursos de ciencias militares, y clavado en la pared un tablero negro con su cajita de barras de tiza clavada en un ángulo.

El capitán me dijo:

—A ver, a ver cómo es ese cañón de trinchera. Diséñelo.

Cogí una tiza, e hice un croquis.

Comencé.

—Usted sabe, mi capitán, que el inconveniente de los grandes calibres, son peso y tamaño de la pieza.

—Bien, y...

—Yo tengo imaginado un cañón de esta forma: el proyectil de grueso calibre estaría perforado en el centro en vez de estar colocado en un tubo que es el cañón, sería introducido en la barra de hierro, como un anillo en el dedo, yéndose a encajar en la cámara donde explotaría el cartucho. La ventaja de mi sistema es que sin aumentar el peso del cañón, se aumentaría enormemente el calibre del proyectil y la carga explosiva que puede llevar.

—Entiendo... Está bien... Pero usted debe saber esto: de acuerdo con el calibre de los proyectiles, su peso y la clase de grano de pólvora, se calcula el grosor, diámetro y longitud del cañón. Es decir, que a medida que la pólvora se va inflamando, el proyectil por presión de los gases avanza en el cañón, de forma que cuando ha llegado a la boca de éste, el explosivo ha rendido su máximo de energía.

»En su invento ocurre todo lo contrario. Se efectúa la explosión y el proyectil se desliza por la barra y los gases, en vez de seguir presionándolo, se pierden en el aire, es decir, que si la explosión tiene que seguir actuando durante un segundo de tiempo, usted lo reduce a un décimo o a un milésimo. Es lo contrario. A su mayor diámetro, más resistencia, a menos que usted haya descubierto una balística nueva, que es medio difícil.»

Y terminó agregando:

—Usted tiene que estudiar, estudiar mucho, si quiere ser algo.

Yo pensaba, sin atreverme a decirlo:

—Cómo estudiar, si tengo que aprender un oficio para ganarme la vida.

Proseguía:

—Estudie muchas matemáticas; lo que le falta a usted es la base, discipline el pensamiento, aplíquelo al estudio de las pequeñas cosas prácticas, y entonces podrá tener éxito en sus iniciativas.

—¿Le parece, mi Capitán?

—Sí, Astier. Usted tiene condiciones innegables, pero estudie, usted cree que porque piensa lo ha hecho todo, y pensar no es nada más que un principio.

Y yo salía de allí, estremecido de gratitud hacia ese hombre que conocía serio y melancólico y que a pesar de la disciplina, tenía la misericordia de alentarme.

Eran las dos de la tarde del cuarto día de mi ingreso en la Escuela Militar de Aviación.

Estaba tomando mate cocido en compañía de un pelirrojo apellidado Walter, que con entusiasmo conmovedor me hablaba de una chacra que tenía su padre, un alemán, en las cercanías del Azul.

Decía el pelirrojo con la boca llena de pan:

—Todos los inviernos carneamos tres chanchos para la casa. Los demás se venden. Así a la tarde cuando hacía frío, entraba y me cortaba un pedazo de pan, después con el Ford me iba a recorrer...

—Drodman, venga —me gritó el sargento.

Detenido frente a la cuadra me observaba con seriedad inusitada.

—Ordene, mi sargento.

—Vístase de particular y entrégueme el uniforme, porque está usted de baja.

Le miré atento.

—¿De baja?

—Sí, de baja.

—¿De baja, mi sargento? —temblaba todo al hablarlo.

El suboficial me observó apiadado. Era un provinciano de procederes correctos, y hacía pocos días que había recibido el brevet de aviador.

—Pero si yo no he cometido ninguna falta, mi sargento, usted lo sabe bien.

—Claro que lo sé... Pero qué le voy a hacer... La orden la dio el capitán Márquez...

—¿El capitán Márquez? Pero eso es absurdo... El capitán Márquez no puede dar esa orden... ¿No habrá equivocación?

—Así es, en el detall me dijeron Silvio Drodman Astier... Aquí no hay otro Drodman Astier que usted, creo, ¿no?, así que es usted, no hay vuelta de hoja.

—Pero eso es una injusticia, mi sargento.

El hombre frunció el ceño y en voz baja confidenció:

—¿Qué quiere que le haga? Claro que no está bien... creo... no, no lo sé... me parece que el capitán tiene un recomendado... así me han dicho, no sé si es verdad, y como ustedes no han firmado contrato todavía, claro, sacan y ponen al que quieren. Si hubiera contrato firmado no habría caso, pero como no está firmado, hay que aguantarse.

Dije suplicante:

—¿Y usted, mi sargento, no puede hacer nada?

—¿Y qué quiere que haga, amigo? ¿Qué quiere que haga? Si soy igual que usted; se ve cada cosa.

El hombre me compadecía.

Le di las gracias y me retiré con lágrimas en los ojos.

—La orden es del capitán Márquez.

—¿Y no se le puede ver?

—No está el capitán.

—¿Y el capitán Bossi?

—El capitán Bossi no está.

En el camino, el sol de invierno teñía de una lúgubre rojidez el tronco de los eucaliptus.

Yo caminaba hacia la estación.

De pronto vi en el sendero al Director de la Escuela.

Era un hombre rechoncho, de cara mofletuda y

colorada como la de un labriego. El viento le movía la capa sobre las espaldas, y hojeando un infolio respondía brevemente al grupo de oficiales que en círculo le rodeaba.

Alguien debió comunicarle lo sucedido, pues el teniente coronel levantó la cabeza de los papeles, me buscó con la mirada, y encontrándome, me gritó con voz destemplada:

—Vea, amigo, el capitán Márquez me habló de usted. Su puesto está en una escuela industrial. Aquí no necesitamos personas inteligentes, sino brutos para el trabajo.

Ahora cruzaba las calles de Buenos Aires con estos gritos adentrados en el alma.

—¡Cuàndo mamá lo sepa! —Involuntariamente me la imaginaba diciendo con acento cansado:

—Silvio... pero no tienes lástima de nosotros... que no trabajas... que no quieres hacer nada. Mira los botines que llevo, mira los vestidos de Lila, todos remendados, ¿qué piensas, Silvio, que no trabajas?

Calor de fiebre me subía a las sienes; olíame sudoroso, tenía la sensación de que mi rostro se había entosquecido de pena, deformado de pena, una pena hondísima, toda clamorosa.

Rodaba abstraído, sin derrotero. Por momentos los ímpetus de cólera me envaraban los nervios, quería gritar, luchar a golpes con la ciudad espantosamente sorda... y súbitamente todo se me rompía adentro, todo me pregonaba a las orejas mi absoluta inutilidad.

—¿Qué será de mí?

En ese instante, sobre el alma, el cuerpo me pesaba como un traje demasiado grande y mojado.

Ahora, cuando vaya a casa, mamá quizá no me diga nada. Con gesto de tribulación abrirá el baúl amarillo, sacará el colchón, pondrá sábanas limpias en la cama y no dirá nada. Lila, en silencio, me mirará como reprochándome.

—¿Qué has hecho, Silvio? —y no agregará nada.

—¿Qué será de mí?

¡Ah, es menester saber las miserias de esta vida puerca, comer hígado que en la carnicería se pide para el gato, y acostarse temprano para no gastar el petróleo de la lámpara!

Otra vez me sobrevino el semblante de mamá, relajado en arrugas por su vieja pena; pensé en la hermana que jamás profería una queja de disgusto y sumisa al destino amargo empalidecía sobre sus libros de estudio, y el alma se me cayó entre las manos. Me sentía arrastrado a detener a los transeúntes, a coger de las mangas del saco a las gentes que pasaban y decirles: Me han echado del ejército así porque sí, ¿comprenden ustedes? Yo creía poder trabajar... trabajar en los motores, componer aeroplanos... y me han echado así... porque sí.

Me decía:

—Lila, ¡ah!, ustedes no la conocen, Lila es mi hermana; yo pensaba, sabía que podríamos ir alguna vez al biógrafo; en vez de comer hígado, comeríamos sopa con verduras, saldríamos los domingos, la llevaría a Palermo. Pero ahora...

¿No es una injusticia, digan ustedes, no es una injusticia...?

Yo no soy un chico. Tengo dieciséis años, ¿por qué me echan? Iba a trabajar a la par de cualquiera, y ahora... ¿Qué dirá mamá? ¿Qué dirá Lila? Ah, si ustedes la conocieran. Es seria: en la Normal saca las mejores calificaciones. Con lo que yo ganara comerían mejor en casa. Y ahora, ¿qué voy a hacer yo...?

Noche ya, en la calle Lavalle, cerca del Palacio de Justicia me detuve frente a un cartel.

PIEZAS AMUEBLADAS POR UN PESO

Entré en el zaguán iluminado débilmente por una lamparilla eléctrica, y en una garita de madera aboné el importe. El dueño, hombre gordo, en mangas de camisa a pesar del frío, me condujo a un patio lleno de macetas pintadas de verde, y señalándome al mucamo, le gritó:

—Félix, éste a la 24.

Miré arriba. Aquel patio era el fondo de un cubo, cuyas caras lo formaban los muros de cinco pisos de habitaciones con ventanas cubiertas de cortinas. A través de algunos vidrios veíanse las paredes iluminadas, otras estaban oscuras y no sé de dónde partía bulla de mujeres, risas reprimidas, y ruidos de cacerolas.

Subíamos por una escalera de caracol. El mucamo, un granuja picado de viruelas con delantal azul, me precedía, arrastrando el plumero, cuyas plumas desbarbadas barrían el suelo.

Por fin llegamos. El pasillo, como el zaguán, estaba débilmente iluminado.

El mucamo abrió la puerta y encendió la luz. Le dije:

—Mañana me despierta a las cinco, no se olvide.

—Bueno, hasta mañana.

Extenuado por la pena y las cavilaciones me dejé caer en el lecho.

La pieza: dos camas de hierro cubiertas de colchas azules, con borlitas blancas, un lavabo de hierro barnizado y una mesita imitación caoba. En un ángulo, el cristal del ropero espejaba la puerta tablero.

Perfume acre flotaba en el aire confinado entre los cuatro muros blancos.

Volví el rostro hacia la pared. Con lápiz, algún durmiente había diseñado un dibujo obsceno.

Pensé:

—Mañana me iré a Europa, puede ser... y cubriéndome la cabeza con la almohada, rendido de fatiga, me dormí. Fue un sueño densísimo, a través de cuya oscuridad se deslizó esta alucinación:

En una llanura de asfalto, manchas de aceite violeta brillaban tristemente bajo un cielo de buriel. En el zenit otro pedazo de altura era de un azul purísimo. Dispersos sin orden, se elevaban por todas partes tubos de portland.

Unos eran pequeños como dados, otros altos y voluminosos como rascacielos. De pronto del horizonte hacia el zenit se alargó un brazo horriblemente flaco. Era amarillo como un palo de escoba, los dedos cuadrados se extendían unidos.

Retrocedí espantado, pero el brazo horriblemente flaco se alargaba y yo, esquivándolo, empequeñecía, tropezaba con los cubos de portland, me ocultaba tras ellos; espiando, asomaba el rostro por una arista y el brazo delgado como el palo de una escoba, con los dedos envarados, estaba allí, sobre mi cabeza, tocando el zenit.

En el horizonte la claridad había menguado, quedando fina como el filo de una espada.

Allí asomó el rostro.

Era un pedazo de frente abultada, una ceja hirsuta y después un trozo de mandíbula. Bajo el párpado arrugado estaba el ojo, un ojo de loco. La córnea inmensa, la pupila redonda y de aguas convulsas. El párpado hizo un guiño triste...

—Señor, eh, diga, señor...

Me incorporé sobresaltado.

—Se ha dormido vestido, señor.

Con dureza miré a mi interlocutor.

—Cierto, tiene razón.

El muchacho se retiró unos pasos.

—Como vamos a ser compañeros de pieza esta noche, me permití despertarlo. ¿Está disgustado?

—No, ¿por qué? —y después de restregarme los ojos, incorporándome, me senté en el borde del lecho. Le observé:

El ala de un hongo negro le sombreaba la frente y los ojos. Su mirada era falsa, y el resplandor aterciopelado de ella parecía tocar la propia epidermis. Tenía una cicatriz junto al labio, cerca de la barbilla, y sus labios túmidos, demasiado rojos, sonreían en su cara blanca. El sobretodo exageradamente ceñido modelaba las formas de su cuerpo pequeño.

Bruscamente le pregunté:

—¿Qué hora es?

—Las once menos cuarto.

Somnoliento yo vacilaba allí. Ahora miraba con desaliento mis botines opacos, donde se habían roto los hilos de un remiendo, dejando ver un trozo de media por la hendidura.

En tanto el adolescente colgó su sombrero en la percha y con un gesto de fatiga arrojó los guantes de cuero encima de una silla. Volví a mirarle de reojo, pero aparté la vista de él porque vi que me observaba.

Vestía irreprochablemente, y desde el rígido cuello almidonado, hasta los botines de charol con polainas color de crema, se reconocía en él al sujeto abundante en dinero.

Sin embargo, no sé por qué se me ocurrió:

—Debe tener los pies sucios.

Sonriendo con una sonrisa mentirosa volvió el rostro y un mechón de su cabellera se le desparramó por su mejilla hasta cubrirle el lóbulo de la oreja. Con voz suave y examinándome de soslayo con su mirada pesada, dijo:

—Parece que está cansado usted, ¿no?

—Sí, un poco.

Quitóse el sobretodo, cuyo forro de seda brilló en los dobleces. Cierta fragancia grasienta se desprendía de su ropa negra, y repentinamente inquieto lo consideré; después, sin conciencia de lo que decía, le pregunté:

—¿No tiene la ropa sucia, usted?

El otro me adivinó en el sobresalto, mas atinó la respuesta:

—¿Le ha hecho daño que le despertara así?

—No. ¿Por qué me iba a hacer mal?

—Es decir, joven. A algunos les hace daño. En el internado tenía un amiguito que cuando le despertaban bruscamente, le daba un ataque de epilepsia.

—Un exceso de sensibilidad.

—Sensibilidad de mujer, diga usted, ¿no le parece, joven?

—¿Así que su amiguito era un hiperestésico? Pero vea, che, haga el favor, abra esa puerta, porque yo me asfixio. Que entre un poco de aire. Hay olor a ropa sucia aquí.

El intruso frunció ligeramente el ceño... Se dirigió a la puerta, pero antes de llegar a ella unas cartulinas le cayeron del bolsillo del saco al suelo.

Apresurado, se inclinó a recogerlas, y me acerqué a él.

Entonces vi: eran todas fotografías del hombre y la mujer, en las distintas formas de la cópula.

El rostro del desconocido estaba purpurino. Balbuceó:

—No sé cómo están en mi poder, eran de un amigo.

No le respondí:

De pie, junto a él, miraba con obstinación terrible un grupo. El dijo no sé qué cosas. Yo no le escuchaba. Miraba alucinado una fotografía terrible. Una mujer postrada ante un faquín innoble, con gorra de visera de hule y un elástico negro arrollado sobre el vientre.

Volví el rostro al mancebo.

Ahora estaba pálido, las pupilas voraces dilatadísimas, y en los párpados ennegrecidos rebrillante una lágrima. Su mano cayó sobre mi brazo.

—Déjame aquí, no me eches.

—Entonces, usted..., vos sos...

Arrastrándome me empujó al borde del lecho y se sentó a mis pies.

—Sí, soy así, me da por rachas.

Su mano se apoyaba en mi rodilla.

—Me da por rachas.

Era profunda y amarga la voz del adolescente.

—Sí, soy así... me da por rachas. —Una pena miedosa temblaba en su voz. Después su mano cogió mi mano y la puso de canto sobre su garganta para apretármela con el mentón. Habló en voz muy baja, casi un soplo.

—¡Ah!, si hubiera nacido mujer. ¿Por qué será así esta vida?

En las sienes me batían las venas terriblemente.

El me preguntó:

—¿Cómo te llamas?

—Silvio.

—Decime, Silvio, ¿no me despreciás...? pero no... vos no tenés cara... ¿Cuántos años tenés?

Enronquecido le contesté:

—Dieciséis... ¿pero estás temblando?

—Sí... querés... vamos...

De pronto le vi, sí, le vi... En el rostro congestionado le sonreían los labios... sus ojos también sonreían con locura... y súbitamente, en la precipitada caída de sus ropas, vi ondular la puntilla de una camisa sucia sobre la cinta de carne que en los muslos dejaban libre largas medias de mujer.

Lentamente, como en un muro blanqueado de luna, pasó por mis ojos el semblante de imploración de la niña inmóvil junto a la verja negra. Una idea fría —si ella supiera lo que hago en este momento— me cruzó la vida.

Más tarde me acordaría para siempre de aquel instante.

Retrocedí huraño, y mirándolo, le dije despacio:

—Andate.

—¿Qué?

Más bajo aún le repetí:

—Andate.

—Pero...

—Andate, bestia. ¿Qué hiciste de tu vida?... ¿de tu vida...?

—No... no seas así...

—Bestia... ¿Qué hiciste de tu vida? —y yo no atinaba a decirle en ese instante todas las altas cosas, preciosas y nobles que estaban en mí, y que instintivamente rechazaban su llaga.

El mancebo retrocedió. Encogía los labios mostrando los colmillos, luego se sumergió en el lecho, y mientras yo vestido entraba a mi cama, él, con sus brazos en asa bajo la nuca, comenzó a cantar:

Arroz con leche,
me quiero casar.

Lo miré oblicuamente, luego, sin cólera, con una serenidad que me asombraba, le dije:

—Si no te callas, te rompo la nariz.

—¿Qué?

—Sí, te rompo la nariz.

Entonces volvió el rostro a la pared. Una angustia horrible pesó en el aire confinado. Yo sentía la fijeza con que su pensamiento espantoso cruzaba el silencio. Y de él sólo veía el triángulo de cabello negro recortando la nuca, y después el cuello blanco, redondo, sin acusar tentaciones.

No se movía, pero la fijeza de su pensamiento se aplastaba... se modelaba en mí... y yo alelado permanecía rígido, caído en el fondo de una angustia que se iba solidificando en conformidad. Y a momentos lo espiaba con el rabillo del ojo.

De pronto su colcha se movió y quedaron al descubierto sus hombros, sus hombros lechosos que surgían del arco de puntilla que sobre las clavículas le hacía la camisa de batista...

Un grito suplicante de mujer estalló en el pasillo al cual daba mi habitación:

—No... no... por favor... —y el sordo choque de un cuerpo sobre el muro, me arqueó el alma sobre el espanto primero, cavilé un instante, después salté del lecho y abrí la puerta en el preciso instante que la puerta de la pieza frontera se cerraba.

Me apoyé en el marco. De la vecina habitación

no surgía nada. Me volví y dejando la puerta abierta, sin mirar al otro, apagué la luz y me acosté.

En mí había ahora una seguridad potente. Encendí un cigarrillo y le dije a mi compañero de albergue:

—Che, ¿quién te enseñó esas porquerías?

—Con vos no quiero hablar..., sos un malo...

Me eché a reír, luego grave continué:

—En serio, che, ¿sabés que sos un tipo raro? ¡Qué raro que sos! En tu familia, ¿qué dicen de vos? ¿Y esta casa? ¿Te fijaste en esta casa?

—Sos un malo.

—Y vos un santo, ¿no?

—No, pero sigo mi destino..., porque yo no era así antes, ¿sabes? yo no era así...

—¿Y quién te hizo así, entonces?

—Mi maestro, porque papá es rico. Después que aprobé el cuarto grado, me buscaron un maestro para que me preparara para el primer año del Nacional. Parecía un hombre serio. Usaba barba, una barba rubia puntiaguda y lentes. Tenía los ojos casi verdes de azules. A vos te cuento todo eso porque...

—¿Y?...

—Yo no era así antes... pero él me hizo así... Después, cuando él se iba, yo salía a buscarlo a su casa. Tenía entonces catorce años. Vivía en un departamento de la calle Juncal. Era un talento.

Fíjate que tenía una biblioteca grande como estas cuatro paredes juntas. También era un demonio, ¡pero cómo me quería! Yo iba a su casa, el mucamo me hacía pasar al dormitorio... fíjate que me había comprado todas las ropas de seda y vainilladas. Yo me disfrazaba de mujer.

—¿Cómo se llamaba?

—Para qué querés saber el nombre... Tenía dos cátedras en el Nacional y se mató ahorcándose...

—¿Ahorcándose?

—Sí, se ahorcó en la letrina de un café... ¡pero qué zonzo sos...! Ja, ja... no te creas... son mentiras... ¿No es verdad que es bonito el cuento?

Irritado, le dije:

—Vea, che, déjeme tranquilo; me voy a dormir.

—No seas malo, escuchame... Qué variable sos..., no te vayas a creer lo de recién..., te decía la pura verdad... cierto... el maestro se llamaba Próspero...

—¿Y usted ha seguido así hasta ahora?

—¿Y qué iba a hacer?

—¿Cómo qué iba a hacer...? ¿Por qué no se va a lo de algún médico... algún especialista en enfermedades nerviosas? Además, ¿por qué es tan sucio?

—Si está de moda, a muchos les gusta la ropa sucia.

—Usted es un degenerado.

—Sí, tenés razón... soy chiflado... ¿pero qué

querés...? Mirá... a veces estoy en mi dormitorio, anochece, querés creerme, es como una racha... siento el olor de las piezas amuebladas... veo la luz prendida y entonces no puedo... es como si el viento me arrastrara y salgo... los veo a los dueños de amuebladas.

—¿A los dueños, para qué?

—Natural, eso de ir a buscar, es triste; nosotras nos arreglamos con dos o tres dueños y en cuanto cae a la pieza un chico que vale la pena nos avisa por teléfono.

Después de un largo silencio, su voz se hizo más entonada y seria. Diría que se hablaba a sí mismo, con toda su tribulación:

—¿Por qué no habré nacido mujer?... en vez de ser un degenerado... sí, un degenerado... hubiera sido muchacha de mi casa, me hubiera casado con un hombre bueno y lo hubiera cuidado... y lo hubiera querido... en vez... así... rodar de «catrera» en «catrera», y los disgustos... esos atorrantes de chambergo blanco y zapatos de charol que te conocen y te siguen... y hasta las medias te roban. ¡Ah!, si encontrara alguno que me quisiera para siempre, siempre.

—¡Pero usted está loco! ¿Todavía se hace esas ilusiones?

—¡Qué sabés vos! Tengo un amiguito que hace tres años vive con un empleado del Banco Hipotecario... y cómo lo quiere...

—Pero eso es una bestialidad...

—¡Qué sabés...!, si yo pudiera daría toda mi plata para ser mujer... una mujercita pobre... y no me importaría quedarme preñada y lavar la ropa con tal que él me quisiera... y trabajara para mí...

Escuchándole, estaba atónito.

¿Quién era ese pobre ser humano que pronunciaba palabras tan terribles y nuevas?... ¿Que no pedía nada más que un poco de amor?

Me levanté para acariciarle la frente.

—No me toqués —vociferó—, no me toqués. Se me revienta el corazón. Andate.

Ahora estaba en mi lecho inmóvil, temeroso de que un ruido mío le despertara para la muerte.

El tiempo transcurría con lentitud y mi conciencia descentrada de extrañeza y fatiga recogía en el espacio el silencioso dolor de la especie.

Aún creía sentir el sonido de sus palabras... en lo negro su carita contraída de pena diseñaba un visaje de angustia, y con la boca resecada de fiebre, exclamaba a lo oscuro:

—Y no me importaría quedarme «preñada» y lavar ropa con tal de que él me quisiera y trabajara para mí.

Quedarse «preñada». ¡Cuán suave se hacía esa palabra en sus labios!

—Quedarse preñada.

Entonces todo su mísero cuerpo se deformara,

pero «ella», gloriosa de aquel amor tan hondo, caminara entre las gentes y no las viera, viendo el semblante de aquel a quien sometíase tan sumisa.

¡Tribulación humana! ¡Cuántas palabras tristes estaban aún escondidas en la entraña del hombre!

El ruido de una puerta cerrada violentamente me despertó. Encendí apresuradamente la lámpara. El adolescente había desaparecido, y su cama no conservaba la huella de ningún desorden.

Sobre el ángulo de la mesa, extendidos, había dos billetes de cinco pesos. Los recogí con avidez. En el espejo se reflejaba mi semblante empalidecido, la córnea surcada de hilos de sangre, y los mechones de cabello caídos en la frente.

Quedamente una voz de mujer imploró en el pasillo:

—Apúrate, por Dios... que si lo saben...

Distintamente resonó el campanilleo de un timbre eléctrico.

Abrí la ventana que daba al patio. Una ráfaga de aire mojado me estremeció. Aún era de noche, pero abajo en el patio, dos criados se movían en torno de una puerta iluminada.

Salí.

Ya en la calle, mi enervamiento se disipó. Entré a una lechería y tomé un café. Todas las mesas estaban ocupadas por vendedores de diarios y cocheros. En el reloj colgado sobre una pueril escena bucólica, sonaron cinco campanadas.

De pronto recordé que toda esa gente tenía hogar, vi el semblante de mi hermana, y desesperado, salí a la calle.

Otra vez se amontonaron en mi espíritu las tribulaciones de la vida, las imágenes que no quería ver ni recordar, y rechinando los dientes caminaba por las veredas oscuras, calles de comercios defendidos por cortinas metálicas y tableros de madera.

Tras esas puertas había dinero, los dueños de esos comercios dormían tranquilamente en sus lujosos dormitorios, y yo, como un perro, andaba a la ventura por la ciudad.

Estremecido de odio, encendí un cigarrillo y malignamente arrojé la colilla encendida encima de un bulto humano que dormía acurrucado en un pórtico; una pequeña llama onduló en los andrajos, de pronto el miserable se irguió informe como una tiniebla y yo eché a correr amenazado por su enorme puño.

En una casa de compraventa del Paseo de Julio, compré un revólver, lo cargué con cinco proyectiles y después, saltando a un tranvía, me dirigí a los diques.

Tratando de realizar mi deseo de irme a Europa, apresurado trepaba las escalerillas de cuerda de los transatlánticos, y me ofrecía para cualquier trabajo durante la travesía, a los oficiales que podía ver. Cruzaba pasillos, entraba a estrechos camarotes atestados de valijas, con sextantes colgados de los muros, cruzaba palabras con hombres uniformados, que volviéndose bruscamente cuando les hablaba, apenas comprendían mi solicitud y me despedían con un gesto malhumorado.

Por encima de las pasarelas se veía el mar tocando el declive del cielo y los velámenes de las barcas alejadísimas.

Caminaba alucinado, aturdido por el incesante trajín, por el rechinar de las grúas, los silbatos y las voces de los faquines descargando grandes bultos.

Experimentaba la sensación de encontrarme alejadísimo de mi casa, tan distante, que aunque me desdijera en mi afirmación, no podría ya más volver hasta ella.

Entonces me detenía a conversar con los pilotos de las chatas que se burlaban de mis ofrecimientos, a veces asomaban a responderme de las humeantes cocinas, rostros de expresiones bestiales, que temeroso me apartaba sin responder, y por los bordes de los diques caminaba, fijos los ojos en las aguas violetas y grasientas que con ruido gutural lamían el granito. Estaba fatigado. La visión de las enormes chimeneas oblicuas, el desarrollarse de las cadenas en las maromas, con los gritos de las maniobras, la soledad de los esbeltos mástiles, la atención ya dividida en un semblante que asomaba a un ojo de buey y a una lingada suspendida por un guinche sobre mi cabeza, ese movimiento ruidoso compuesto del entrecruzamiento de todas las voces, silbidos y choques, me mostraba tan pequeño frente a la vida, que yo no atinaba a escoger una esperanza.

Una trepidación metálica estremecía el aire de la ribera.

De las calles de sombra formadas por los altos muros de los galpones, pasaba a la terrible claridad del sol, a instantes un empellón me arrojaba a un costado, los gallardetes multicolores de los navíos se rizaban con el viento; más abajo, entre la muralla negra y el casco rojo de un transatlántico, martilleaban incesantemente los calafateadores, y aquella demostración gigantesca de poder y riqueza, de mercaderías apiñadas y de bestias pataleando suspendidas en el aire, me azoraba de angustia.

Y llegué a la inevitable conclusión:

—Es inútil, tengo que matarme.

Lo había previsto vagamente.

Ya en otras circunstancias la teatralidad que secunda con lutos el catafalco de un suicida, me había seducido con su prestigio.

Envidiaba a los cadáveres en torno de cuyos féretros sollozaban las mujeres hermosas, y al verlas inclinadas al borde de los ataúdes se sobrecogía dolorosamente mi masculinidad.

Entonces hubiera querido ocupar el suntuoso lecho de los muertos, como ellos ser adornado con flores y embellecido por el suave resplandor de los cirios, recoger en mis ojos y en la frente las lágrimas que vierten enlutadas doncellas.

No era por primera vez este pensamiento, mas en ese instante me contagió de esta certeza.

—Yo no he de morir... pero tengo que matarme —y antes de que pudiera reaccionar, la singularidad de esta idea absurda se posesionó vorazmente de mi voluntad.

—No he de morir, no..., yo no puedo morir..., pero tengo que matarme.

¿De dónde provenía esta certeza ilógica que después ha guiado todos los actos de mi vida?.

Mi mente se despegó de sensaciones secundarias; yo sólo era un latido de corazón, un ojo lúcido y abierto al serenísimo interior.

—No he de morir, pero tengo que matarme.

Me acerqué a un galpón de zinc. No lejos una cuadrilla de peones descargaban bolsas de un vagón, y en aquel lugar el empedrado estaba cubierto de una alfombra amarilla de maíz.

Pensé:

—Aquí debe ser —y al extraer del bolsillo el revólver, súbitamente discerní—: no en la sien, porque me afearía el rostro, sino en el corazón.

Seguridad inquebrantable guiaba los movimientos de mi brazo.

Me pregunté:

—¿Dónde estará el corazón?

Los opacos golpes interiores me indicaron su posición.

Examiné el tambor. Cargaba cinco proyectiles. Después apoyé el cañón del revólver en el saco.

Un ligero desvanecimiento me hizo vacilar sobre las rodillas y me apoyé en el muro del galpón.

Mis ojos se detuvieron en la calzada amarilla de maíz, y apreté el gatillo, lentamente, pensando.

—No he de morir —y el percutor cayó... Pero en ese brevísimo intervalo que separaba al percutor del fulminante, sentí que mi espíritu se dilataba en un espacio de tinieblas.

Caí por tierra.

Cuando desperté en la cama de mi habitación, en el blanco muro un rayo de sol diseñaba los contornos de las cenefas, que en el cuarto no se veían tras los cristales.

Sentada al borde del lecho estaba mi madre.

Inclinaba hacia mí la cabeza. Tenía mojadas las pestañas, y su rostro de rechupadas mejillas parecía excavado en un arrugado mármol de tormento.

Su voz temblaba:

—¿Por qué hiciste eso?, ...ah, ¿por qué no me dijiste todo? ¿Por qué hiciste eso, Silvio?

La miré. Me contraía el semblante un terrible visaje de misericordia y remordimiento.

—¿Por qué no viniste?... Yo no te hubiera dicho nada. Si es el destino, Silvio. ¿Qué sería de mí si el revólver hubiera disparado? Tú ahora estarías aquí, con tu pobre carita fría... ¡Ah, Silvio, Silvio! —y por la ojera carminosa le descendía una lágrima pesada.

Sentí que anochecía en mi espíritu y apoyé la frente en su regazo, en tanto que creía despertar en una comisaría para distinguir entre la neblina del recuerdo, un círculo de hombres uniformados que agitaban los brazos en torno mío.

—¿Por qué no vuelves?... Yo no la habitaré ci-
do nada. Si es el destino, Silvio, que tú solo...
... si el revólver hubiera disparado... Tu mirada
... azul, con tu pobre carita fina... ¡Ah, Silvio!
... y por la pena... y...
lágrimas pesada.

Sentí que alborotaba en mi espíritu y aquella...
frente en su regazo, en parte que creía desper-
en una sombra para distinguir entre la neblina
del recuerdo, tu crédulo de hombros uniformes...
que agitaban las brisas ...como mío.

Capítulo IV
JUDAS ISCARIOTE

Monti era un hombre activo y noble, excitable como un espadachín, enjuto como un hidalgo. Su penetrante mirada no desmentía la irónica sonrisa del labio fino, sombreado por sedosas hebras de bigote negro. Cuando se encolerizaba enrojecíansele los pómulos y su labio temblaba hasta el hundido mentón.

El escritorio y depósito de papel de su comercio eran tres habitaciones que alquilaba a un judío peletero, y dividido de la hedionda trastienda del hebreo por un corredor siempre lleno de chiquilines pelirrojos y mugrientos.

La primera pieza era algo así como escritorio y exposición de papel fino. Sus ventanas daban a la calle Rivadavia, y los transeúntes al pasar veían correctamente alineadas desde la vereda en una estancia de pino tea resmas de papel salmón, verde, azul y rojo, rollos de papel impermeable veteado y duro, bloques de papel de seda y papel llamado de manteca, cubos de etiquetas con policromas flores, mazos de papel floreado, de superficie rugosa y estampados búcaros pálidos.

En el muro azulado, una estampa del golfo de Nápoles lucía el esmalte azul del mar inmóvil en la costa parda, sembrada de cuadritos blancos: las casas.

Allí, cuando Monti estaba de buen humor, cantaba con limpia y entonada voz.

Me agradaba escucharle. Lo hacía con sentimiento; se comprendía que cantando evocaba los parajes y momentos de ensueño transcurridos en su patria.

Cuando Monti me recibió de corredor a comisión, entregándome un muestrario de papeles clasificados por su calidad y precio, dijo:

—Bueno, ahora a vender. Cada kilo de papel son tres centavos de comisión.

¡Duro principio!

Recuerdo que durante una semana caminé seis horas por día inútilmente. Aquello era inverosímil. No vendí un kilo de papel en el trayecto de cuarenta y cinco leguas. Desesperado entraba a verdulerías, a tiendas y almacenes, rondaba los mercados, hacía antesala a farmacéuticos y carniceros, pero inútilmente.

Unos me enviaban lo más cortésmente posible al diablo, otros decíanme pase la semana que viene, otros argüían: «Yo ya tengo corredor que hace tiempo me sirve», otros no me atendían, algunos opinaban que mi mercadería era excesivamente cara, varios demasiado ordinaria y algunos raros, demasiado fina.

A mediodía, llegado al escritorio de Monti, me dejaba caer en una pilastra formada de resmas de papel y permanecía en silencio, atontado de fatiga y desaliento.

Mario, otro corredor, un gandul de dieciséis años, alto como un álamo, todo piernas y brazos, se burlaba de mis estériles diligencias.

¡Era truhán el tal Mario! Parecía un poste de telégrafo rematando en una cabeza pequeña, cubierta de un fabuloso bosque de cabellos crespos. Caminaba a trancos enormes, con una cartera de cuero rojo bajo el brazo. Cuando llegaba al escritorio tiraba la cartera a un rincón y se sacaba el sombrero, un hongo redondo, tan untado de grasa, que con él pudiera lubricarse el eje de un carro. Vendía endiabladamente y siempre estaba alegre.

Hojeando una libreta mugrienta leía en voz alta la larga lista de pedidos recogidos, y dilatando su boca de ballenato, se reía hasta el fondo rojo de la garganta, y dos hileras de dientes saledizos.

Para simular que la alegría le hacía doler el estómago, se lo cogía con ambas manos.

Por encima del casillero de la escribanía, Monti nos observaba sonriendo irónico. Abarcaba su amplia frente con la mano, se restregaba los ojos como disipando preocupaciones y nos decía después:

—No hay que desanimarse, diávolo. Quiere ser inventor y no sabe vender un kilo de papel. —Luego indicaba—: Hay que ser constante. Toda clase de comercio es así. Hasta que a uno no le conocen no quieren tener trato. En un negocio le dicen que tienen. No importa. Hay que volver hasta que el comerciante se habitúe a verlo y acabe por comprar. Y siempre «gentile», porque es así —y cambiando de conversación agregaba—: Venga esta tarde a tomar café. Charlaremos un rato.

Cierta noche, en la calle Rojas entré en una farmacia. El farmacéutico, bilioso sujeto picado de viruelas, examinó mi mercadería, después habló y parecióme un ángel por lo que dijo:

—Mándeme cinco kilos de papel de seda surtido, veinte kilos de papel parejo especial y hágame veinte mil sobres, cada cinco mil con este impreso: «Acido bórico», «Magnesia calcinada», «Cremor tártaro», «Jabón de campeche». Eso sí, el papel tiene que estar el lunes bien temprano aquí.

Estremecido de alegría anoté el pedido, saludé con una reverencia al seráfico farmacéutico y me perdí por las calles. Era la primera venta. Había ganado quince pesos de comisión.

Entré al mercado de Caballito, ese mercado que siempre me recordaba los mercados de las novelas de Carolina Invernizio. Un obeso salchichero con cara de vaca, a quien había molestado inútilmente otras veces, me gritó al tiempo de enarbolar su cuchillo sobre un bloque de tocino:

—Che, mándeme doscientos kilos recorte especial, pero mañana bien temprano, sin falta, y a treinta y uno.

Había ganado cuatro pesos, a pesar de rebajar un centavo por kilo.

Infinita alegría, dionisíaca alegría inverosímil, ensanchaba mi espíritu hasta las celestes esferas... y entonces, comparando mi embriaguez con la de aquellos héroes danunzianos que mi patrón criticaba por sus magníficos empaques, pensé:

—Monti es un idiota.

De pronto sentí que apretaban mi brazo; volvíme brusco y me encontré frente a Lucio, aquel insigne Lucio que formaba parte del Club de «Los Caballeros de Media Noche».

Nos saludamos efusivamente. Después de la noche azarosa no le había vuelto a ver, y ahora estaba frente a mí sonriendo y mirando como de costumbre a todos lados. Reparé que estaba bien trajeado, mejor calzado y enjoyado, luciendo en los dedos anillos de oro falso y una piedra pálida en la corbata.

Había crecido; era un recio pelafustán disfrazado de dandy. Complemento de esta figura de jaquetón adecentado, era un fieltro aludo, hundido graciosamente sobre la frente hasta las cejas. Fumaba en boquilla de ámbar, y como hombre que sabe tratar a los amigos, después de los primeros saludos me invitó a tomar un «bock» en una cervecería próxima.

Sentados ya, y habiendo sorbido su cerveza de un solo trago, el amigo Lucio dijo con voz enronquecida:

—¿Y de qué trabajás vos?

—¿Y vos...? Te veo hecho un dandy, un personaje.

Le torció la boca una sonrisa.

—Yo... yo me he acoplado.

—Entonces vas bien... has progresado enormemente..., pero como yo no tengo tu suerte, soy papelero... vendo papel.

—¡Ah! ¿vendés papel, por alguna casa?

—Sí, para un tal Monti, que vive en Flores.

—¿Y ganás mucho?

—Mucho no, pero para vivir.

—¿Así que te regeneraste?

—Claro.

—Yo también trabajo.

—¡Ah, trabajás!

—Sí, trabajo, ¿a que no sabes de qué?

—No, no sé.

—Soy agente de investigaciones.

—¿Vos... agente de investigaciones? ¡Vos!

—Sí, ¿por qué?

—No, nada. ¿Así que sos agente de investigaciones?

—¿Por qué te extraña?

—No... de ninguna manera... siempre tuviste aficiones... desde chico...

—Ranún... pero mirá, che, Silvio, hay que regenerarse; así es la vida, la *struggle for life* de Darwin...

—¡Que te has vuelto erudito! ¿Con qué se come eso?

—Yo me entiendo, che, ésa es la terminología ácrata; así que vos también te regeneraste, trabajás, y te va bien.

—Arregular, como decía el vasco, vendo papel.

—¿Te has regenerado entonces?

—Parece.

—Muy bien; otro medio, mozo... otros dos medios quería decir, disculpá, che.

—¿Y qué tal es ese trabajo de investigaciones?

—No me preguntés, che, Silvio; son secretos profesionales. Pero hablando de bueyes perdidos, ¿te acordás de Enrique?

—¿Enrique Irzubeta?

—Sí.

—De Irzubeta sólo sé que después que nos separamos, ¿te acordás?...

—¡Cómo no me voy a acordar!

—Después que nos separamos supe que Grenuillet los pudo desalojar y que se fueron a vivir a Villa del Parque, pero a Enrique no lo vi más.

—Cierto; Enrique se fue a trabajar a una agencia de autos en el Azul.

—¿Y ahora sabés dónde está?

—Estará en el Azul, ¡qué embromar!

—No, no está en el Azul; está en la cárcel.

—¿En la cárcel?

—Como yo estoy acá, él está en la cárcel...

—¿Qué hizo?

—Nada, che: la *struggle for life...*, la lucha por la vida quiere decir, en un término que le aprendí a un gallego panadero que le gustaba fabricar explosivos. ¿Vos no fabricás explosivos? No te enojés; como eras tan aficionado a las bombas de dinamita...

Irritado de sus preguntas insidiosas, le miré con fijeza.

—¿Estás por meterme preso?

—No, hombre, ¿por qué? ¿No se te puede dar una broma?

—Es que parece que querés sonsacarme algo.

—Pucha... qué rico tipo sos, ¿no te regeneraste ya?

—Bueno, ¿qué decías de Enrique?

—Te voy a contar: una hazaña gloriosa entre nosotros, una cosa notable.

»Resulta, ahora no me acuerdo si era en la

agencia del Chevrolet o del Buick, donde Enrique estaba de empleado, que le tenían confianza... bueno, para engatusar siempre fue un maestro éste. El trabajaba en el escritorio, no sé cómo, el caso es que del talonario de cheques robó uno y lo falsificó en seguida por cinco mil novecientos cincuenta y tres pesos. ¡Lo que son las cosas!

»La mañana que piensa ir a cobrarlo, el dueño de la agencia le da dos mil cien pesos para depositar en el mismo banco. Este loco se embolsa la plata, va al garaje de la agencia, saca un auto, y tranquilamente se presenta al banco, presenta el cheque, y ahora es lo raro, en el banco le pagaron el cheque falsificado.».

—¡Lo pagaron!

—Es increíble, ¡qué falsificación sería! Bueno, él siempre tuvo aptitudes. ¿Te acordás cuando falsificó la bandera de Nicaragua?

—Sí, desde chico sirvió... pero seguí.

—Bueno, le pagaron... ahora andá a saber si Enrique estaba nervioso: sale con el coche, a dos cuadras del mercado, en un cruce, se lleva por delante un sulky... y tuvo suerte, la vara lo único que hizo fue romperle un brazo, si lo agarra un poco más al medio le atraviesa el pecho. Quedó desmayado. Lo llevan a un sanatorio, da la casualidad que el dueño de la agencia supo en seguida el accidente, y se fue al sanatorio como gato al bofe. El hombre le pide al médico las ropas de

Enrique, porque debía de haber dinero o una boleta de depósito... date cuenta la sorpresa del tipo... en vez de sacar una boleta le encuentra ocho mil cincuenta y tres pesos. En eso Enrique reacciona, le pregunta de dónde son esos miles, y no supo qué contestar; van al banco y allí en seguida se enteraron de todo.

—Es colosal.

—Increíble. Yo leí toda la crónica de eso en «El Ciudadano», un diario de allí.

—¿Y ahora está preso?

—A la sombra, como él decía... pero andá a saber el tiempo que lo han condenado. Tiene la ventaja de ser menor de edad, y además la familia conoce a gente de influencia.

—Es curioso: va a tener un gran porvenir el amigo Enrique.

—Envidiable. Con razón que lo llamaban El Falsificador.

Después callamos. Recordaba a Enrique. Me parecía volver a estar con él, en la covacha de los títeres. En el muro rojo el rayo de sol iluminaba su demacrado perfil de adolescente soberbio.

Con voz enronquecida, Lucio comentó:

—La *struggle for life,* che, unos se regeneran y otros caen; así es la vida... pero me voy, tengo que tomar servicio... si querés verme acá tenés mi dirección —y me entregó una tarjeta.

Cuando después de una aparatosa despedida me

encontré lejos, solo en las calles iluminadas, todavía en mis oídos sonaba su enronquecida voz:

—La *struggle for life,* che... unos se regeneran, otros caen... ¡así es la vida!

Ahora me dirigía a los comerciantes con el aplomo de un experto corredor, y con la certeza de que debían ser estériles mis fatigas, porque ya «había vendido» me aseguré en breve tiempo una clientela mediocre, compuesta de puesteros de feria, farmacéuticos a quienes hablaba del ácido pícrico y otras zarandajas, libreros y dos o tres almaceneros, la gente de menos provecho y la más taimada para mercar.

Con el objeto de no perder el tiempo, había dividido las parroquias de Caballito, Flores, Vélez Sársfield y Villa Crespo en zonas que recorría sistemáticamente una vez por semana.

Muy temprano dejaba el lecho, y a grandes pasos me dirigía a los barrios prefijados. De aquellos días conservo el recuerdo de un inmenso cielo resplandeciente sobre horizontes de casas pequeñas y encaladas, de fábricas de muros rojos, y adornando los confines: surtidores de verdura, cipreses y arboledas en torno de las cúpulas blancas de la necrópolis.

Por las chatas calles del arrabal, miserables y sucias, inundadas de sol, con cajones de basura a las puertas, con mujeres ventrudas, despeinadas y escuálidas hablando en los umbrales y llamando a sus perros o a sus hijos, bajo el arco de cielo más límpido y diáfano, conservo el recuerdo fresco, alto y hermoso.

Mis ojos bebían ávidamente la serenidad infinita, extática en el espacio celeste.

Llamas ardientes de esperanza y de ensueño envolvíanme el espíritu y de mí brotaba una inspiración tan feliz de ser cándida, que no acertaba a decirla con palabras.

Y más y más me embelesaba la cúpula celeste, cuanto más viles eran los parajes donde traficaba. Recuerdo...

¡Aquellos almacenes, aquellas carnicerías del arrabal!

Un rayo de sol iluminaba en lo oscuro las bestias de carne rojinegra colgadas de ganchos y de sogas junto a los mostradores de estaño. El piso estaba cubierto de aserrín, en el aire flotaba el olor de sebo, enjambres negros de moscas hervían en los trozos de grasa amarilla, y el carnicero impasible aserraba los huesos, machacaba con el dorso del cuchillo las chuletas... y afuera... afuera estaba el cielo de la mañana, quieto y exquisito, dejando caer de su azulidad la infinita dulzura de la primavera.

Nada me preocupaba en el camino sino el espacio, terso como una porcelana celeste en el confín azul, con la profundidad de golfo en el zenit, un prodigioso mar alto y quietísimo, donde mis ojos creían ver islotes, puertos de mar, ciudades de mármol ceñidas de bosques verdes y navíos de mástiles florecidos deslizándose entre armonías de sirenas hacia las fúricas ciudades de la alegría.

Caminaba así, estremecido de sabrosa violencia.

Parecíame escuchar los rumores de una fiesta nocturna; en lo alto los cohetes derramaban verdes cascadas de estrellas, abajo reían los ventrudos genios del mundo y los simios hacían juegos malabares en tanto que reían las diosas escuchando la flauta de un sapo.

Con estos festivos rumores cantando en las orejas, con aquellas visiones bogando ante los ojos, disminuía las distancias sin advertirlo.

Entraba a los mercados, conversaba con «puesteros», vendía o discutía con los clientes disconformes de las mercaderías recibidas. Solían decirme, sacando de debajo del mostrador unas virutas de papel que podrían servir para fabricar serpentinas:

—¿Y con estas tiras de papel qué quiere envolver usted?

Yo replicaba:

—Oh, el «recorte» no va a ser grande como un lienzo. De todo hay en la viña del Señor.

Estas razones especiosas no satisfacían a los mercaderes, que tomando por testigos a sus cofrades, juraban no comprarme un kilo más de papel.

Entonces yo fingía indignarme, decía algunas palabras no evangélicas y con desparpajo entraba tras el mostrador y comenzaba a revolver el bulto y a entresacar pliegos que con un poco de buena voluntad podían servir para amortajar a una res.

—¿Y esto?... ¿Por qué no enseñan esto? Se creen ustedes que el recorte se lo voy a elegir. ¿Por qué no compran recorte especial?

Así eran las disputas con los individuos carniceros y ciudadanos vendedores de pescado, gente ruda, jaquetona y amiga de líos.

También agradábame en las mañanas de primavera «corretear» por las calles recorridas de tranvías, vestidas con los toldos del comercio. Complacíame el espectáculo de los grandes almacenes interiormente sombrosos, las queserías frescas como granjas con enormes pilones de manteca en los estantes, las tiendas con multicolores escaparates y señoras sentadas junto a los mostradores frente a livianos rollos de telas; y el olor a pintura en las ferreterías, y el olor a petróleo en las despensas, se confundía en mi sensorio como el fragante aroma de una extraordinaria alegría, de una fiesta universal y perfumada, cuyo futuro relator fuera yo.

En las gloriosas mañanas de octubre me he sentido poderoso, me he sentido comprensivo como un dios.

Si fatigado entraba a una lechería a tomar un

refresco, lo sombroso del paraje, lo semejante del decorado, hacíame soñar en una Alhambra inefable y veía los cármenes de la Andalucía distante, veía los terruños empinados al pie de la sierra, y en lo hondo de los socavones la cinta de planta de los arroyuelos. Una voz mujeril acompañábase con una guitarra, y en mi memoria el viejo zapatero andaluz reaparecía diciendo:

—José, zi era ma lindo que una rroza.

Amor, piedad, gratitud a la vida, a los libros y al mundo me galvanizaba el nervio azul del alma.

No era yo, sino el dios que estaba dentro de mí, un dios hecho con pedazos de montaña, de bosques, de cielo y de recuerdo.

Cuando había vendido una cantidad suficiente de papel, emprendía el retorno, y como los kilómetros se hacían largos de recorrer a pie, placíame soñar en cosas absurdas, verbigracia, que yo había heredado setenta millones de pesos o en cosas de esa naturaleza. Se evaporaban mis quimeras, cuando al entrar al escritorio, Monti me comunicaba indignado:

—El carnicero de la calle Remedios devolvió el recorte.

—¿Por qué?

—¡Qué sé yo...! Dijo que no le gustaba.

—Mal rayo lo parta al tío ese.

Es indescriptible el sentimiento de fracaso que producía ese bulto de papel sucio, abandonado en el patio oscuro, con las ataduras renovadas, lleno de barro en los cantos, manchado de sangre y de grasa, debido a que el carnicero lo había revuelto despiadadamente con las manos pringosas.

Este género de devoluciones se repetía con demasiada frecuencia.

Previniéndome de posteriores incidentes solía advertir al comprador:

—Mire: el recorte son las sobras del papel parejo. Si quiere le mando recorte especial, son ocho centavos más por kilo, pero se aprovecha todo.

—No importa, che —decía el matarife—, mande el recorte.

Mas cuando se le entregaba el papel, pretendía que se le rebajara algunos centavos por kilo, o si no devolver los pedazos muy rotos, que sumando dos o tres kilos hacían perder lo ganado; o no pagarlo, que era perderlo todo...

Acontecían percances divertidísimos, por los que Monti y yo acabamos por echarnos a reír para no llorar de rabia.

Teníamos entre los clientes un chanchero que exigía se le entregaran los fardos de papel en su casa en un día por él determinado y a una hora prefijada, lo que era imposible; otro que devolvía la carga insultando al carretero, si no se le extendía recibo en la forma estipulada por la ley, lo que era superfluo; otro no pagaba el papel sino una semana después que comenzaba a consumirlo.

No hablemos de la ralea de los feriantes turcos.

Si yo les pedía noticias de Al Motamid, no me comprendían o se encogían de hombros, cortando un pedazo de bofe para el gato de una comadre descarada.

Después para venderles había que perder una mañana, y eso con el objeto de enviar a distancias inverosímiles, en calles de suburbios desconocidos, un mísero paquete de veinticinco kilos, donde se ganaban setenta y cinco centavos.

El carretero, un hombre taciturno de cara sucia, al atardecer cuando regresaba con su caballo cansado y el papel que no se había entregado, decía:

—Este no se entregó —y arrojaba el fardo al pavimento con gesto malhumorado— porque el carnicero estaba en los mataderos y la mujer dijo que no sabía nada y no lo quiso recibir. Este otro no vive en el número, porque allí es una fábrica de alpargatas. De esta calle no me supo dar razón nadie.

Nos deslenguábamos en reniegos contra esa chusma que no reconocía formalidades, ni compromisos de ningún género.

Otras veces acaecía que Mario y yo recogíamos un pedido del mismo individuo y cuando se le enviaba lo encargado lo rechazaba, porque decía que había comprado la mercadería a un tercero que se la ofreció más barata. Algunos tenían la desvergüenza de decir que no habían encargado nada, y por lo general, si no las había, inventaban las razones.

Cuando creía haber ganado sesenta pesos en una semana recibía sólo veinticinco o treinta.

Pero ¡y la gentecilla! ¡Los comerciantes al por menor, los tenderos y los farmacéuticos! ¡Cuánta quisquillosidad, qué de informaciones y exámenes previos!

Para comprar la insignificancia de mil sobres con el impreso de Magnesia o Acido Bórico, no lo hacían sino después de verlos frecuentemente y exigiendo de antemano que se les entregara muestra de papel, tipos de imprenta y al fin decían:

—Veremos, pásese la otra semana.

He pensado muchas veces que se podría escribir una filogenia y psicología del comerciante al por menor, del hombre que usa gorra tras el mostrador y que tiene el rostro pálido y los ojos fríos como láminas de acero.

¡Ah, por qué no es suficiente exponer la mercadería!

Para vender hay que empaparse de una sutilidad «mercurial», escoger las palabras y cuidar los conceptos, adular con circunspección, conversando de lo que no se piensa ni cree, entusiasmarse con una bagatela, acertar con un gesto compungido, interesarse vivamente por lo que maldito si nos interesa, ser múltiple, flexible y gracioso, agradecer con donaire una insignificancia, no desconcertarse ni darse por aludido al escuchar una grosería, y sufrir, sufrir pacientemente el tiempo, los semblantes agrios o malhumorados, las respuestas rudas e irritantes, sufrir para poder ganar algunos centavos, porque «así es la vida».

Si en la dedicación se estuviera solo... mas hay que comprender que en el mismo lugar donde disertamos sobre la ventaja de entablar negocios con nosotros, han pasado muchos vendedores ofreciendo la misma mercadería en distintas condiciones, a cual más ventajosa para el comerciante.

¿Cómo se explica que un hombre escoja a otro entre muchos, para beneficiarse beneficiándole?

No parecerá entonces exagerado decir que entre un individuo y el comerciante se han establecido vínculos materiales y espirituales, relación inconsciente o simulada de ideas económicas, políticas, religiosas y hasta sociales, y que una operación de venta, aunque sea la de un paquete de agujas, salvo perentoria necesidad, eslabona en sí más dificultades que la solución del binomio de Newton.

Pero ¡si fuera esto sólo!

Además, hay que aprender a dominarse, para soportar todas las insolencias de los burgueses menores.

Por lo general, los comerciantes son necios astutos, individuos de baja extracción, y que se han enriquecido a fuerza de sacrificios penosísimos, de hurtos que no puede penar la ley, de adulteraciones que nadie descubre o todos toleran.

El hábito de la mentira arraiga en esta canalla acostumbrada al manejo de grandes o pequeños capitales y ennoblecidos por los créditos que les conceden una patente de honorabilidad y tienen por eso espíritu de militares, es decir, habituados a tutear despectivamente a sus inferiores, así lo hacen con los extraños que tienen necesidad de aproximarse a ellos para poder medrar.

¡Ah! y cómo hieren los gestos despóticos de esos tahúres enriquecidos, que inexorables tras las mirillas del escritorio anotan sus ganancias; cómo crispan en ímpetus asesinos esas jetas innobles que responden:

—Déjese de joder, hombre, que nosotros compramos a casas principales.

Sin embargo, se tolera, se sonríe y se saluda... porque «así es la vida».

A veces, terminado mi recorrido, y si quedaba en camino, iba a echar un parrafito con el cuidador de carros de la feria de Flores.

Ella era como otras tantas.

Al fondo de la calle de casas con fachadas encaladas, cubierta por un océano de sol, ésta se presentaba inopinadamente.

El viento traía agrio olor de verduras, y los toldos de los puestos sombreaban los mostradores de estaño dispuestos paralelamente a la vereda, en el centro de la calzada.

Aún tengo el cuadro entre los ojos.

Se compone de dos filas.

Una formada por carniceros, vendedores de puercos, hueveros y queseros, y otra de verduleros. La columna se prolonga chillona de policromía, churrigueresca de tintas, con sus hombres barbudos en mangas de camiseta junto a las cestas llenas de hortalizas.

La fila comienza en los puestos de pescadores, con los cestos ocres manchados por el rojo de los langostinos, el azul de los pejerreyes, el achocolatado de los mariscos, la lividez plomiza de los caracoles y el blanco zinc de las merluzas.

Los perros rondan arrebatándose el triperío de desecho, y los mercaderes con los velludos brazos desnudos y un delantal que les cubre el pecho, cogen a pedido de las compradoras el pescado por la cola, de una cuchillada le abren el vientre, con las uñas le hurgan hasta el espinazo destripándolo, y después de un golpe seco lo dividen en dos.

Más allá las mondongueras raen los amarillentos mondongos en el estaño de sus mostradores, o cuelgan de los ganchos inmensos hígados rojos.

Diez gritos monótonos repiten:

—Peyerreye fresco... fresco, señora.

Otra voz grita:

—Aquí... aquí está lo bueno. Vengan a ver esto.

Pedazos de hielo cubiertos de aserrín rojo se derriten a la sombra lentamente encima del lomo de los pescados encajonados.

Entrando, preguntaba en el primer puesto:

—¿El Rengo?

Con las manos apoyadas en la cadera, inflado el delantal sucio sobre el vientre, los feriantes gritaban con voces gangosas o chillonas:

—Rengo, vení, Rengo —y porque le estimaban, al llamarle se reían con gruesas carcajadas, mas el Rengo reconociéndome desde lejos, para gozar de su popularidad caminaba despacio, cojeando ligeramente. Cuando frente a un puesto encontraba a alguna criada conocida, se tocaba el ala del sombrero con el cabo del rebenque.

Detenido charlaba, charlaba sonriendo, mostrando los torcidos dientes con una perenne sonrisa picaresca; de pronto se iba, guiñando el ojo de soslayo a los peones de carniceros que, con los dedos de las manos, le hacían obscenos gestos.

—Rengo... che, Rengo... «vení» —gritaban de otro lado.

El pelafustán volvía su cara angulosa a un costado, diciendo que aguardáramos, y a fuerza de codo se abría paso entre las mujeres apeñuscadas frente a los puestos, y las hembras que no le conocían, las viejas codiciosas y regañonas, las jóvenes mujeres biliosas y avaras, las mozuelas linfáticas y pretenciosas, miraban con desconfianza agria, con fastidio mal disimulado, esa cara triangular enrojecida por el sol, bronceada por la desvergüenza.

Era un bigardón a quien agradaba tocar el trasero de las mujeres apiñadas.

—Rengo... Bení, Rengo.

El Rengo gozaba de popularidad. Además, como a todos los personajes de la historia, le agradaba tener amigas, saludarse con las vecinas, bañarse en esta atmósfera de chirigota y grosería que entre comerciante bajo y comadre pringosa se establece de inmediato.

Cuando hablaba de cosas sucias, su cara roja resplandecía como si la hubieran cardado con tocino, y el círculo de mondongueras, verduleros y vendedoras de huevos se regocijaba de la inmundicia con que las salpicaban las chuscadas del jaquetón.

Llamaban:

—Rengo... bení, Rengo —y los fornidos carniceros, los robustos hijos de napolitanos, toda la barbuda suciedad que se gana la vida traficando miserablemente, toda la chusma flaca y gorda, aviesa y astuta, los vendedores de pescado y de fruta, los carniceros y mantequeras, toda la canalla codiciosa de dinero se complacía en la granujería del Rengo, en la desvergüenza del Rengo, y el Rengo olímpico, desfachatado y milonguero, semejante al símbolo de la feria franca, en el pasaje sembrado de tronchos, berzas y cáscaras de naranja, avanzaba contoneándose, y prendida a los labios esta canción obscena:

Y es lindo gozar de garrón.

Era un pelafustán digno de todo aprecio. Habíase acogido a la noble profesión de cuidador de carros, desde el día que le quedó un esguince en una pierna a consecuencia de la caída de un caballo. Vestía siempre el mismo traje, es decir, un pantalón de lanilla verde, y un saquito que parecía de torero.

Se adornaba el cuello que dejaba libre su elástico negro, con un pañuelo rojo. Grasiento sombrero aludo le sombreaba la frente y en vez de botines calzaba alpargatas de tela violeta y adornadas de arabescos rosados.

Con un látigo que nunca abandonaba recorría rengueando de un lado a otro la fila de carros, para hacer guardar compostura a los caballos que por desaburrirse se mordisqueaban ferozmente.

El Rengo además de cuidador, tenía sus cascabeles de ladrón, y siendo «macró» de afición no podía dejar de ser jugador de hábito. En substancia, era un pícaro afabilísimo, del cual se podía esperar cualquier favor y también alguna trastada.

El decía haber estudiado para jockey y haberle

quedado ese esguince en la pierna porque de envidia los compañeros le espantaron el caballo un día de prueba, pero yo creo que no había pasado de ser bostero en alguna caballeriza.

Eso sí, conocía más nombres y virtudes de caballos que una beata santos del martirologio. Su memoria era un almanaque de Gotha de la nobleza bestial. Cuando hablaba de minutos y segundos se creía escuchar a un astrónomo, cuando hablaba de sí mismo y de la pérdida que había tenido el país al perder un jockey como él, uno sentíase tentado a llorar.

—¡Qué vago!

Si iba a verle, abandonaba los puestos donde conferenciaba con ciertas barraganas, y cogiéndome de un brazo decía a vía de introito:

—Pasá un cigarrillo, que... —y encaminándonos a la fila de carros, subíamos al que estaba mejor entoldado para sentarnos y conversar largamente.

Decía:

—Sabés, lo amuré al turco Salomón. Se dejó olvidada en el carro una pierna de carnero, lo llamé al Pibe (un protegido) y le dije: Rajando esto a la pieza.

Decía:

—El otro día se viene una vieja. Era una mudanza, un bagayito de nada... Y yo andaba seco, seco... Un mango, le digo, y agarro el carro del pescador.

¡Qué trotada, hermano! Cuando volví eran las nueve y cuarto, y el matungo sudado que daba miedo. Agarro y lo seco bien, pero el gayego debe haber junado, porque hoy y ayer se vino una punta de veces a la fila, y todo para ver si estaba el carro. Ahora cuando tenga otro viaje le meto con el de la mondonguera —y observando mi sonrisa, agregó:

—Hay que vivir, che, date cuenta: la pieza diez mangos, el domingo le juego una redoblona a Su Majestad, Vasquito y la Adorada... y Su Majestad me mandó al brodo —mas reparando en dos vagos que estaban rondando con disimulo en torno de un carro al extremo de la fila, puso el grito en el cielo:

—¿Che, hijos de una gran puta, qué hacen ahí? —y enarbolando el látigo fue corriendo hacia el carro. Después de revisar cuidadosamente los arneses se volvió rezongando:

—Estoy arreglado si me roban un cabezal o unas riendas.

En los días lluviosos acostumbraba a pasar las mañanas en su compañía.

Bajo la capota de un carro, el Rengo improvisaba estupendas poltronas con bolsas y cajones. Sabíase dónde estaba porque bajo el arco del toldo se escapaban nubes de humo. Para entretenerse, el Rengo cogía el mango de un látigo como si fuera una guitarra, entornaba los ojos, chupaba

188

con más energía el cigarrillo y con voz arrastrada,
a momentos hinchada de coraje, en otros doliente
de voluptuosidad, cantaba:

> *Tengo un bulín más, «sofica»*
> *que da las once antes de hora*
> *y que yo se lo alquilé;*
> *y que yo se lo alquilé*
> *para que afile ella sola.*

Con el sombrero sobre la oreja, el cigarro hu-
meándole bajo las narices, y la camiseta entreabierta sobre el pecho tostado, el Rengo parecía un
ladrón, y a veces solía decirme:

—¿No es cierto, che, Rubio, que tengo pinta
de «chorro»?

Si no, contaba en voz baja, entre las largas hu-
maredas de su cigarro, historias del arrabal, recuerdos de su niñez transcurrida en Caballito.

Eran memorias de asaltos y rapiñas, robos en
pleno día, y los hombres de Cabecita de Ajo, el
Inglés, y los dos hermanos Arévalo, estaban continuamente trabados en estos relatos.

Decía el Rengo con melancolía:

—¡Si me acuerdo! Yo era un pibe. Siempre estaban en la esquina de Méndez de Andés y Bella
Vista, recostados en la vidriera del almacén de un
gallego. El gallego era un «gil». La mujer dormía
con otros y tenía dos hijas en la vida. ¡Si me acuer-

do! Siempre estaban allí, tomando el sol y jodiendo a los que pasaban. Pasaba alguno de rancho y no faltaba quien gritara:

—¿Quién se comió la pata e'chancho?

—El del rancho —contestaba el otro—. ¡Si eran unos «grelunes»! En cuanto te «retobabas», te fajaban. Me acuerdo. Era la una. Venía un turco. Yo estaba con un matungo en la herrería de un francés que había frente al boliche. Fue en un abrir y cerrar de ojos. El rancho del turco voló al medio de la calle, quiso sacar el revólver, y zás, el Inglés de un castañazo lo volteó. Arévalo «cachó» la canasta y Cabecita de Ajo el cajón. Cuando vino el «cana» sólo estaba el rancho y el turco, que lloraba con la nariz revirada. El más desalmado fue Arévalo. Era lungo, moreno y tuerto. Tenía unas cuantas muertes. La última que hizo fue la de un cabo. Estaba ya con la captura recomendada. Lo «cacharon» una noche con otros muchos de la vida en un cafetín que había antes de llegar a San Eduardo. Lo registraron y no llevaba armas. Un cabo le pone la cadena y se lo lleva. Antes de llegar a Bogotá, en lo oscuro, Arévalo saca una faca que tenía escondida en el pecho bajo la camiseta y envuelta en papel de seda, y se la enterró hasta el mango en el corazón. El otro cayó seco, y Arévalo rajó; fue a esconderse en la casa de una hermana que era planchadora, pero al otro día lo «cacharon». Dicen que murió tísico de la paliza que le dieron con la «goma».

Así eran las narraciones del Rengo. Monótonas, oscuras y sanguinosas. Terminadas sus historias antes de que fuera la hora reglamentaria para deshacerse la feria, el Rengo me invitaba:

—Vení, Rubio, ¿vamos a requechar?

—Vamos.

Con la bolsa al hombro, el Rengo recorría los puestos y los feriantes, sin necesidad de que él les pidiera, gritábanle:

—Vení, Rengo, tomá —y él recogía grasa, huesos carnudos; de los verduleros, quien no le daba un repollo le daba patatas o cebollas, las hueveras un poco de manteca, las mondongueras un chirlo de hígado, y el Rengo jovial, con el sombrero inclinado sobre una oreja, el látigo a la espalda, y la bolsa en la mano, cruzaba soberbio como un rey ante los mercaderes, y hasta los más avaros y hasta los más viles no se atrevían a negarle una sobra, porque sabían que él podía perjudicarles en distintas formas.

Terminado, decía:

—Vení a comer conmigo.

—No, que en casa me esperan.

—Vení, no seas otario, hacemos un bife y papas fritas. Después le meto a la viola, y hay vino, un vinito San Juan que da las doce antes de hora. Me compré una damajuana, porque plata que no se gasta se «escolaza».

Bien sabía por qué el Rengo insistía en que almorzara con él. Necesitaría consultarme acerca de sus inventos —porque sí—, el Rengo con toda su vagancia tenía ribetes de inventor; el Rengo, que según propio decir se había criado «entre las patas de los caballos», en sus horas de siesta compaginaba dispositivos e invenciones para despojar de su dinero al prójimo. Recuerdo que un día, explicándole los prodigios de la galvanoplastia, el Rengo quedóse tan admirado que durante muchos días trató de persuadirme para que instaláramos en sociedad una fábrica de moneda falsa. Cuando le pregunté de dónde sacaría el dinero, repuso:

—Yo conozco a uno que tiene plata. Si querés te lo hago conocer y nos arreglamos. Y... ¿vamos o no vamos?

—Vamos.

Súbitamente el Rengo dirigía una mirada investigadora en redor, para gritar después con voz desapacible:

—¡Pibe!

El Pibe, que estaba riñendo con otros vagos de su calaña, reaparecía:

No tenía diez años de edad, y menos de cuatro pies de estatura, pero en su rostro romboidal como el de un mogol, la miseria y toda la experiencia de la vagancia habían lapidado arrugas indelebles.

Tenía la nariz chata, los labios belfos, y además era enormemente cabelludo, de una lana rizada y tupida entre cuyos aros desaparecían las orejas. Todo este cromo aborigen y sucio se ataviaba con un pantalón que le llegaba hasta los tobillos, y una blusa negra de lechero vasco.

El Rengo le ordenó imperativamente:

—Agarrá eso.

El Pibe se echó la bolsa a la espalda y rápidamente marchó.

Era criado, cocinero, mucamo y ayudante del Rengo. Este lo recogió como se recoge un perro, y en cambio de sus servicios lo vestía y alimentaba; y el Pibe era fidelísimo servidor de su amo.

—Fijate —me contaba—, el otro día, al abrir la cartera una mujer en un puesto, se le caen cinco pesos. El Pibe los tapa con el pie y después lo alza. Vamos a casa y no había ni «medio» de carbón. —Andá a ver si te fían. —No hace falta —me contesta el loco, y pela los cinco mangos.

—Caramba, no es malo.

—Y de ahí para la «biaba». ¿Además no sabés lo que hace?

—Contá.

—¡Pero date cuenta...! Una tarde veo que sale. ¿Adónde vas? —le digo.

—A la iglesia.

—Me cazzo, ¿a la iglesia?

—«Manyá», y me empieza a contar que de la caja que hay metida en la pared a la entrada, para la limosna, había visto asomar la colita de un peso. Resulta que lo habían entrado apretado, y él con un alfiler lo sacó. Y se había hecho un ganchito con un alfiler para ir a pescar dentro de la caja todos los pesos que haya. ¿Te das cuenta?

El Rengo se ríe, y si dudo que el Pibe haya inventado ese anzuelo, no dudo en cambio que sea el pescador, mas no se lo digo, y palmeándole en la espalda, exclamo:

—¡Ah, Rengo, Rengo...!

Y el Rengo se ríe con una risa que le tuerce los labios descubriéndole los dientes.

Algunas veces en la noche. —Piedad, quién tendrá piedad de nosotros.

Sobre esta tierra quién tendrá piedad de nosotros. Míseros, no tenemos un Dios ante quien postrarnos y toda nuestra pobre vida llora.

¿Ante quién me postraré, a quién hablaré de mis espinos y de mis zarzas duras, de este dolor que surgió en la tarde ardiente y que aún es en mí?

Qué pequeñitos somos, y la madre tierra no nos quiso en sus brazos y henos aquí acerbos, desmantelados de impotencia.

¿Por qué no sabemos de nuestro Dios?

¡Oh! Si El viniera un atardecer y quedamente nos abarcara con sus manos las dos sienes.

¿Qué más podríamos pedirle? Echaríamos a andar con su sonrisa abierta en la pupila y con lágrimas suspendidas de las pestañas.

Un día jueves a las dos de la tarde, mi hermana me avisó que un individuo estaba a la puerta
esperándome.

Salí, y con la consiguiente sorpresa, encontré al
Rengo, más decentemente trajeado que de costumbre, pues había reemplazado su pañuelo rojo por
un modesto cuello de tela, y a las floreadas alpargatas las sustituía un flamante par de botines.

—¡Hola! ¿Vos por acá?

—¿Estás desocupado, Rubio?

—Sí, ¿por qué?

—Entonces salí, tenemos que hablar.

—Cómo no, esperame un momento —y entrando rápidamente me puse el cuello, cogí el sombrero y salí. De más está decir que inmediatamente
sospeché algo, y aunque no podía imaginarme el
objeto de la visita del Rengo, resolví estar en
guardia.

Una vez en la calle examinando su semblante
reparé que tenía algo importante que comunicar-
me, pues observábame a hurtadillas, mas me retu-
ve en la curiosidad, limitándome a pronunciar un
significativo:

—¿Y...?

—Hace días que no venís por la feria —comentó.

—Sí... estaba ocupado... ¿Y vos?

El Rengo tornó a mirarme. Como caminábamos
por una vereda sombreada, dióse a hacer observa-

ciones acerca de la temperatura, después habló de la pobreza, de los trastornos que le traían los cotidianos trabajos; también me dijo que en la semana última le habían robado un par de riendas, y cuando agotó el tema, deteniéndome en medio de la vereda, y cogiéndome de un brazo, lanzó este ex abrupto:

—¿Decime, che Rubio, sos de confianza o no sos?

—¿Y para preguntarme esto me has traído hasta acá?

—¿Pero sos o no sos?

—Mira, Rengo, decime, ¿me tenés fe?

—Sí... yo tengo... pero decí, ¿se puede hablar con vos?

—Claro, hombre.

—Mirá, entonces entremos allá, vamos a tomar algo —y el Rengo encaminándose al despacho de bebidas de un almacén, pidió una botella de cerveza al lavacopas, nos sentamos a una mesa en el rincón más oscuro, y después de beber, el Rengo dijo, como quien se descarga de un gran peso:

—Tengo que pedirte un consejo, Rubio. Vos sos muy «centífico». Pero por favor, che... te recomiendo, Rubio...

Le interrumpí:

—Mirá, Rengo, un momento. Yo no sé lo que tenés que decirme, pero desde ya te advierto que sé guardar secretos. No pregunto ni tampoco digo.

El Rengo depositó su sombrero encima de la silla. Cavilaba aún, y en su perfil de gavilán la irresolución mental movíale ligeramente por reflejo los músculos sobre las mandíbulas. En sus pupilas ardía un fuego de coraje, después mirándome reciamente, se explicó:

—Es un golpe maestro, Rubio. Diez mil mangos por lo menos.

Le miré con frialdad, esa frialdad que proviene de haber descubierto un secreto que nos puede beneficiar inmensamente, y repliqué para inspirarle confianza.

—No sé de qué se trata; pero es poco.

La boca del Rengo se abrió lentamente.

—Te pa-re-ce po-co. Diez mil mangos lo menos, Rubio... lo menos.

—Somos dos —insistí.

—Tres —replicó.

—Peor que peor.

—Pero la tercera es mi mujer —y de pronto sin que me explicara su actitud, sacó una llave, una pequeña llave aplastada y poniéndola encima de la mesa, dejóla allí abandonada. Yo no la toqué.

Concentrado le miraba a los ojos, él sonreía como si la locura de un regocijo le ensanchara el alma, a momentos empalidecía; bebió dos vasos de cerveza uno tras otro, enjugóse los labios con el dorso de la mano y dijo con una voz que no parecía suya:

—¡Es linda vida!

—Sí, la vida es linda, Rengo. Es linda. Imaginate los grandes campos, imaginate las ciudades del otro lado del mar. Las hembras que nos seguirían; nosotros cruzaríamos como grandes bacanes las ciudades al otro lado del mar.

—¿Sabés bailar, Rubio?

—No, no sé.

—Dicen que allí los que saben bailar el tango se casan con millonarias... y yo me voy a ir, Rubio, me voy a ir.

—¿Y el vento?

Me miró con dureza, después una alegría le demudó el semblante, y en su rostro de gavilán se dilató una gran bondad.

—Si supieras cómo la he «laburado», Rubio. ¿Ves esta llave? Es de una caja de fierro. —Introdujo la mano en un bolsillo, y sacando otra llave más larga, continuó: Esta es la de la puerta del cuarto donde está la caja. La hice en una noche, Rubio, meta lima. «Laburé» como un negro.

—¿Te las trajo ella?

—Sí, la primera hace un mes que la tengo hecha, la otra la hice antiyer. Meta esperarte en la feria, y vos que no venías.

—¿Y ahora?

—¿Querés ayudarme? Vamos a medias. Son diez mil mangos, Rubio. Ayer los puso en la caja.

—¿Cómo sabés?

—Fue al Banco. Trajo un mazo bárbaro. Ella lo vio y me dijo que todos eran colorados.

—¿Y me das la mitad?

—Sí, a medias, ¿te animás?

Me incorporé bruscamente en la silla, fingiendo estar poseído por el entusiasmo.

—Te felicito, Rengo, lo que pensaste es maravilloso.

—¿Te parece, Rubio?

—Ni un maestro hubiera planeado como vos lo has hecho este asunto. Nada de ganzúa. Todo limpio.

—¿Cierto, eh...?

—Limpio, hermano. A la mujer la escondemos.

—No hace falta, ya tengo alquilada una pieza que tiene sótano; los primeros días la «escabullo» allí. Después, vestida de hombre, me la llevo al Norte.

—¿Querés que salgamos, Rengo?

—Sí, vamos...

La cúpula de los plátanos nos protegía de los ardores del sol. El Rengo, meditando, dejaba humear su cigarrillo entre los labios.

—¿Quién es el dueño de la casa? —le pregunté.

—Un ingeniero.

—¡Ah! ¿es ingeniero?

—Sí, pero batí, Rubio, ¿te animás?

—Por qué no... sí, hombre... ya estoy aburrido de caminar vendiendo papel. Siempre la misma vida: estarse reventando para nada. Decime, Rengo, ¿tiene sentido esta vida? Trabajamos para comer y comemos para trabajar. «Minga» de alegría, «minga» de fiestas, y todos los días lo mismo, Rengo. Esto «esgunfia» ya.

—Cierto, Rubio, tenés razón... ¿Así que te animás?

—Sí.

—Entonces esta noche damos el golpe.

—¿Tan pronto?

—Sí, él sale todas las noches. Va al club.

—¿Es casado?

—No, vive solo.

—¿Lejos de acá?

—No. Una cuadra antes de Nazca. En la calle Bogotá. Si querés, vamos a ver la casa.

—¿Es de altos?

—No, baja, tiene jardín al frente. Todas las puertas dan a la galería. Hay una lonja de tierra a lo largo.

—¿Y ella?

—Es sirvienta.

—¿Y quién cocina?

—La cocinera.

—Entonces tiene plata.

—¡Hay que ver la casa! ¡Tiene cada mueble adentro!

—¿Y a qué hora vamos esta noche?

—A las once.

—¿Y va a estar ella sola?

—Sí, la cocinera en cuanto termina se va a su casa.

—¿Pero es seguro eso?

—Seguro. El farol está a media cuadra, ella va a dejar la puerta abierta, nosotros entramos y directo al escritorio, sacamos la «guita», ahí mismo la partimos y yo me la llevo para el refugio.

—¿Y la «cana»?

—La «cana»... la «cana» «cacha» a los que están prontuariados. Yo trabajo de cuidador de carros, además nos ponemos guantes.

—¿Querés un consejo, Rengo?

—Dos.

—Bueno, atendeme. Lo primero que tenemos que hacer es no dejarnos ver hoy por allá. Puede reconocernos algún vecino y nos mandan al «muere». Además no hay objeto si vos conocés la casa. Perfectamente. Segundo: ¿A qué horas sale el ingeniero?

—Nueve y media a diez, pero podemos espiar.

—Abrir la caja es cuestión de diez minutos.

—Ni eso, ya está probada la llave.

—Te felicito por la precaución... Así que a las once podemos ir.

—Sí.

—¿Y dónde nos vemos nosotros?

—En cualquier sitio.

—No, hay que ser precavidos. Yo voy a estar

en Las Orquídeas a las diez y media. Vos entrás, pero no me saludás ni nada. Te sentás a otra mesa, y a las once salimos, yo te sigo, entrás a la casa y entro yo, después cada uno que tire por su lado.

—En esa forma evitamos sospechas. Está bien pensado... ¿Tenés revólver vos?

—No.

De pronto el arma lució en su mano, y antes que lo evitara, la introdujo en mi bolsillo.

—Yo tengo otro.

—No hace falta.

—Nunca uno sabe lo que puede pasar.

—¿Y vos serías capaz de matar?

—Yo... la pregunta, ¡claro!

—¡Eh!

Algunas personas que pasaron nos hicieron callar. Del cielo celeste descendía una alegría que se filtraba en tristeza dentro de mi alma culpable. Recordando una pregunta que no le hice, dije:

—¿Y cómo sabrá ella que vamos esta noche?

—Le doy la seña por teléfono.

—¿Y el ingeniero no está de día en la casa?

—No, si querés le hablo ahora.

—¿De dónde?

—De esa botica.

El Rengo entró a comprar una aspirina y poco después salió. Ya se había comunicado con la mujer.

Sospeché el enjuague, y aclarando, repuse:

—Vos contabas conmigo para este asunto, ¿no?

—Sí, Rubio.

—¿Por qué?

—Porque sí.

—Ahora todo está listo.

—Todo.

—¿Tenés guantes vos?

—Sí.

—Yo me pongo unas medias, es lo mismo.

Después callamos.

Toda la tarde caminamos al azar, perdido el pensamiento, sobrecogidos ambos por desiguales ideas.

Recuerdo que entramos a una cancha de bochas.

Allí bebimos, pero la vida giraba en torno nuestro como el paisaje en los ojos de un ebrio.

Imágenes adormecidas hacía mucho tiempo, semejantes a nubes se levantaron en mi conciencia, el resplandor solar que hería las pupilas, un gran sueño se apoderaba de mis sentidos y a instantes hablaba precipitadamente sin ton ni son.

El Rengo me escuchaba abstraído.

De pronto una idea sutil se bifurcó en mi espíritu, yo la sentí avanzar en la entraña cálida, era fría como un hilo de agua y me tocó el corazón.

—¿Y si lo delatara?

Temeroso de que hubiera sorprendido mi pensamiento, miré sobresaltado al Rengo, que a la sombra del árbol, con los ojos adormecidos miraba la cancha, donde las bochas estaban esparcidas.

Aquél era un lugar sombrío, propicio para elaborar ideas feroces.

La calle Nazca ancha se perdía en el confín. Junto al muro alquitranado de un alto edificio, el bodeguero tenía adosado su cuarto de madera pintado de verde, y en el resto del terreno se extendían paralelas las franjas de tierra enarenada.

Varias mesas de hierro se hallaban en distintos puntos.

Nuevamente pensé:

—¿Y si lo delatara?

Con la barbilla apoyada en el pecho y el sombrero echado encima de la frente, el Rengo se había dormido. Un rayo de sol le caía sobre una pierna, con el pantalón manchado de lamparones de grasa.

Entonces un gran desprecio me envaró el espíritu, y cogiéndole bruscamente de un brazo, le grité:

—Rengo.

—Eh... eh... ¿qué hay?

—Vamos, Rengo.

—¿Adónde?

—A casa. Tengo que preparar la ropa. Esta noche damos el golpe y mañana rajamos.

—Cierto, vamos.

Una vez solo, varios temores se levantaron en mi entendimiento. Yo vi mi existencia prolongada entre todos los hombres. La infamia estiraba mi vida entre ellos y cada uno de ellos podía tocarme con un dedo. Y yo, ya no me pertenecía a mí mismo para nunca jamás.

Decíame:

—Porque si hago eso destruiré la vida del hombre más noble que he conocido.

Si hago eso me condeno para siempre.

Y estaré solo, y seré como Judas Iscariote.

Toda la vida llevaré una pena.

¡Todos los días llevaré una pena!... —y me vi prolongado dentro de los espacios de vida interior, como una angustia, vergonzosa hasta para mí.

Entonces sería inútil que tratara de confundirme con los desconocidos. El recuerdo, semejante a un diente podrido, estaría en mí, y su hedor me enturbiaría todas las fragancias de la tierra, pero a medida que ubicaba el hecho en la distancia, mi perversidad encontraba interesante la infamia.

—¿Por qué no?... Entonces yo guardaré un secreto, un secreto salado, un secreto repugnante, que me impulsará a investigar cuál es el origen de mis raíces oscuras. Y cuando no tenga nada que hacer, y esté triste pensando en el Rengo, me preguntaré: ¿Por qué fui tan canalla?, y no sabré responderme, y en esta rebusca sentiré cómo se abren en mí curiosos horizontes espirituales.

Además, el negocio éste puede ser provechoso.

En realidad —no pude menos de decirme— soy un locoide con ciertas mezclas de pillo; pero Rocambole no era menos: asesinaba... yo no asesino. Por unos cuantos francos le levantó falso testimonio a «papá» Nicolo y lo hizo guillotinar. A la vieja Fipart que le quería como una madre la estranguló y mató... mató al capitán Williams, a quien él debía sus millones y su marquesado. ¿A quién no traicionó él?

De pronto recordé con nitidez asombrosa este pasaje de la obra:

«Rocambole olvidó por un momento sus dolores físicos. El preso cuyas espaldas estaban acardenaladas por la vara del Capataz, se sintió fascinado: parecióle ver desfilar a su vista como un torbellino embriagador, París, los Campos Elíseos, el Boulevard de los Italianos, todo aquel mundo deslumbrador de luz y de ruido en cuyo seno había vivido antes.»

Pensé:

—¿Y yo?... ¿yo seré así...? ¿no alcanzaré a llevar una vista fastuosa como la de Rocambole? —Y las palabras que antes le había dicho al Rengo sonaron otra vez en mis orejas, pero como si las pronunciara otra boca:

—«Sí, la vida es linda, Rengo... Es linda. Imaginate los grandes campos, imaginate las ciudades del otro lado del mar. Las hembras que nos seguirían, y nosotros cruzaríamos como grandes "bacanes" las ciudades que están al otro lado del mar.»

Despacio, se desenroscó otra vez en mi oído:

—Canalla... sos un canalla.

Se me torció la boca. Recordé a un cretino que vivía al lado de mi casa y que constantemente decía con voz nasal:

—«Si yo no tengo la culpa.»

—Canalla... sos un canalla...

—«Si yo no tengo la culpa.»

—¡Ah! canalla... canalla...

—No me importa... y seré hermoso como Judas Iscariote. Toda la vida llevaré una pena... una pena... La angustia abrirá a mis ojos grandes horizontes espirituales... ¡pero qué tanto embromar! ¿No tengo derecho yo...? ¿acaso yo...? Y seré hermoso como Judas Iscariote... y toda la vida llevaré una pena... pero... ¡ah! es linda la vida, Rengo... es linda... y yo... yo a vos te hundo, te degüello... te mando al «brodo» a vos... Sí, a vos... que sos «pierna»... que sos «rana»... yo te hundo a vos... sí, a vos, Rengo... y entonces... entonces seré hermoso como Judas Iscariote... y tendré una pena... una pena... ¡Puerco!

Grandes manchas de oro tapizaban el horizonte, del que surgían en penachos de estaño, nubes tormentosas, circundadas de atorbellinados velos color naranja.

Levanté la cabeza y próximo al zenit entre sábanas de nubes, vi relucir débilmente una estrella. Diría una salpicadura de agua trémula en una grieta de porcelana azul.

Me encontraba en el barrio sindicado por el Rengo.

Las aceras estaban sombreadas por copudos follajes de acacias y ligustros. La calle era tranquila, románticamente burguesa, con verjas pintadas ante los jardines, fuentecillas dormidas entre los arbustos y algunas estatuas de yeso averiadas. Un piano sonaba en la quietud del crepúsculo, y me sentí suspendido de los sonidos, como una gota de rocío en la ascensión de un tallo. De un rosal invisible llegó tal ráfaga de perfume, que embriagado vacilé sobre mis rodillas, al tiempo que leía en una placa de bronce:

ARSENIO VITRI — Ingeniero

Era la única indicando dicha profesión, en tres cuadras a lo largo.

A semejanza de otras casas, el jardín florecido

extendía sus canteros frente a la sala, y al llegar al camino de mosaico que conducía a la puerta vidriada de la mampara se cortaba; luego continuaba formando escuadra a lo largo del muro de la casa ladera. Encima de un balcón una cúpula de cristal protegía de la lluvia el alféizar.

Me detuve y presioné el botón del timbre.

La puerta de la mampara se abrió, y encuadrada por el marco, vi una mulata cejijunta y de mirada aviesa, que de mal modo me preguntó lo qué quería.

Al interrogarle si estaba el ingeniero, me respondió que vería, y tornó diciéndome quién era y qué es lo que deseaba. Sin impacientarme le respondí que me llamaba Fernán González. de profesión dibujante.

Volvió a entrar la mulata, y ya más apaciguada, me hizo pasar. Cruzamos ante varias puertas con las persianas cerradas, de pronto abrió la hoja de un estudio, y frente a un escritorio a la izquierda de una lámpara con pantalla verde, vi una cabeza canosa inclinada; el hombre me miró, le saludé, y me hizo la señal de que entrara. Después dijo:

—Un momento, señor, y soy con usted.

Le observé. Era joven a pesar de su cabello blanco.

Había en su rostro una expresión de fatiga y melancolía. El ceño era profundo, las ojeras hondas, haciendo triángulo con los párpados, y el extremo de los brazos ligeramente caídos acompañaba a la postura de esa cabeza, ahora apoyada en la palma de la mano e inclinada hacia un papel.

Adornaban el muro de la estancia, planos y diseños de edificios lujosos; fijé los ojos en una biblioteca, llena de libros, y había alcanzado a leer el título: *Legislación de agua*, cuando el señor Vitri me preguntó:

—¿En qué puedo servirlo, señor?

Bajando la voz, le contesté:

—Perdóneme, señor; ante todo, ¿estamos solos?

—Supongo que sí.

—¿Me permite una pregunta quizá indiscreta? Usted no está casado, ¿no?

—No.

Ahora mirábame seriamente, y su rostro enjuto iba adquiriendo paulatinamentte, por decirlo así, una reciedumbre que se difundía en otra más grave aún.

Apoyado en el respaldar del sillón, había echado la cabeza hacia atrás; sus ojos grises me examinaban con dureza, un momento se fijaron en el lazo de mi corbata, después se detuvieron en mi pupila y parecía que inmóviles allá en su órbita, esperaban sorprender en mí algo inusitado.

Comprendí que debía dejar los circunloquios.

—Señor, he venido a decirle que esta noche intentarán robarle.

Esperaba sorprenderlo, pero me equivoqué.

—¡Ah! sí... ¿Y cómo sabe usted eso?

—Porque he sido invitado por el ladrón. Además, usted ha sacado una fuerte suma de dinero del Banco y la tiene guardada en la caja de hierro.

—Es cierto...

—De esa caja, como de la de la habitación en que está, el ladrón tiene la llave.

—¿La ha visto usted? —y sacando del bolsillo el llavero me mostró una de guardas excesivamente gruesas.

—¿Es ésta?

—No, es la otra —y aparté una exactamente igual a la que el Rengo me había enseñado.

—¿Quiénes son los ladrones?

—El instigador es un cuidador de carros llamado Rengo, y la cómplice su sirvienta. Ella le sustrajo las llaves a usted de noche, y el Rengo hizo otras iguales en pocas horas.

—¿Y usted qué participación tiene en el asunto?

—Yo... yo he sido invitado a esta fiesta como un simple conocido. El Rengo llegó a casa y me propuso que le acompañara.

—¿Cuándo le vio a usted?

—Aproximadamente hoy a las doce de la mañana.

—Antes, ¿no estaba usted en antecedentes de lo que ese sujeto preparaba?

—De lo que preparaba, no. Conozco al Rengo;

nuestras relaciones se establecieron vendiendo yo papel a los feriantes.

—Entonces, usted era su amigo... esas confian-zas sólo se hacen a los amigos.

Me ruboricé.

—Tanto como amigo, no... pero siempre me interesó su psicología.

—¿Nada más?

—No, ¿por qué?

—Decía... ¿pero a qué hora debían venir uste-des esta noche?

—Nosotros espiaríamos hasta que usted saliera hacia el club, después la mulata nos abriría la puerta.

—El golpe está bien. ¿Cuál es el domicilio de ese sujeto llamado Rengo?

—Condarco 1375.

—Perfectamente, todo se arreglará. ¿Y su domicilio?

—Caracas 824.

—Bien, venga esta noche a las 10. A esa hora todo estará bien guardado. Su nombre es Fernán González.

—No, me cambié de nombre por si acaso la mulata conociera ya, por mediación de Rengo, mi posible participación en el asunto. Yo me llamo Silvio Astier.

El ingeniero apretó el botón del timbre, miró en redor; momentos después se presentó la criada.

El semblante de Arsenio Vitri se conservaba impasible.

—Gabriela, el señor va a venir mañana a la mañana a buscar ese rollo de planos —y le señaló un manojo abandonado en una silla—, aunque yo no esté, se lo entrega.

Luego levantóse, me estrechó fríamente la mano y salí acompañado de la criada.

El Rengo fue detenido a las nueve y media de la noche. Vivía en un altillo de madera, en una casa de gente modesta. Los agentes que le esperaban supieron por el Pibe que el Rengo había venido, «revolvió el bagayo y se fue». Como ignoraban cuáles eran los lugares que acostumbraba a frecuentar, presentáronse inopinadamente a la dueña de la casa, se dieron a conocer como agentes de policía y entraron por una empinada escalera hasta el cuarto del Rengo. Allí en apariencia no había nada que valiera la pena. Sin embargo, cosa inexplicable y absurda, colgadas de un clavo a la vista de todo el que entrara, encontrábanse las dos llaves: la de la caja de hierro y la de la puerta del escritorio. En un cajón de querosene, con algunos trapos viejos, hallaron un revólver y en el fondo oculto casi, recortes de periódicos. Referían un asalto cuyos autores no había individualizado la policía.

Como las noticias de los periódicos trataban del mismo delito, se supuso con razón que el Rengo no era ajeno a esa historia, y precaucionalmente fue detenido el Pibe, es decir, se le envió con un agente a la comisaría de la sección.

En la bohardilla había también una mesa de pino tea blanca, con un cajón lateral. Allí encontróse cierto torno de relojero y un juego de limas finas. Algunas denotaban uso reciente.

Secuestradas todas las pruebas del delito, la encargada de la casa fue nuevamente llamada.

Era una vejezuela descarada y avara; envolvíase la cabeza con un pañuelo negro cuyas puntas se ataba bajo la barbilla. Sobre la frente le caían los vellones de pelos blancos, y su mandíbula se movía con increíble ligereza cuando hablaba. Su declaración hizo poca luz en torno del Rengo. Ella le conocía desde hacía tres meses. Pagaba puntualmente y trabajaba a la mañana.

Interrogada acerca de las visitas que recibía el ladrón, dio datos oscuros; eso sí, recordaba «que el domingo pasado una negra vino a las tres de la tarde y salió a las seis junto con Antonio.»

Descartada toda posibilidad de complicidad, se le ordenó absoluta discreción, que la vejezuela prometió por temor a posteriores compromisos, y los dos agentes tornaron al altillo para esperar al Rengo, ya que fue explícito deseo del ingeniero que el Rengo fuera detenido en su casa, para atenuar la pena que merecía. Quizá pensó también que yo no era ajeno a la decisión del Rengo.

Los pesquisas creían que éste no vendría; posiblemente cenara en algún restaurante de las afueras, y se embriagara para darse coraje, pero se equivocaron.

Esos días el Rengo había ganado dinero con unas redoblonas. Después que se separó de mí volvió al altillo para salir más tarde hacia un prostíbulo que conocía. Casi a la hora de cerrarse los comercios entró en una valijería y compró una valija.

Después se dirigió a su cuarto, bien ajeno a lo que le esperaba. Subió la escalera tarareando un tango, cuyos tonos hacían más distintos los golpeteos intermitentes de la valija entre los peldaños.

Cuando abrió la puerta la dejó caer en el suelo.

Introdujo después una mano en el bolsillo para sacar la caja de fósforos y en ese instante un golpe terrible en el pecho le hizo retroceder, en tanto que otro polizonte lo cogía del brazo.

No es de dudar que el Rengo comprendió de lo que se trataba, porque haciendo un esfuerzo desesperado se desprendió.

Los vigilantes, al intentar seguirle, tropezaron con la valija y uno de ellos rodó por la escalera, cayéndole del bolsillo el revólver, que se descargó.

El estampido llenó de espanto a los moradores de la casa, y equivocadamente se atribuyó el tiro al Rengo, que no había alcanzado a trasponer la puerta de la calle.

Entonces sucedió una cosa terrible.

El hijo de la vejezuela, carnicero de oficio, enterado por su madre de lo que ocurría, cogió su bastón y se precipitó en persecución del Rengo.

A los treinta pasos le alcanzó. El Rengo corría arrastrando su pierna inútil, de pronto el bastón cayó sobre su brazo, volvió la cabeza y el palo resonó encima de su cráneo.

Aturdido por el golpe, intentó defenderse aún con una mano, pero el pesquisa que había llegado le hizo una zancadilla y otro bastonazo que le alcanzó en el hombro, terminó por derribarle. Cuando le pusieron cadenas el Rengo gritó con un gran grito de dolor:

—¡Ay, mamita! —después otro golpe le hizo callar y se le vio desaparecer en la calle oscura amarradas las muñecas por las cadenas que retorcían con rabia los agentes marchando a sus costados.

Cuando llegué a la casa de Arsenio Vitri, Gabriela no estaba ya.

Su detención se efectuó pocos momentos después de que yo salí.

Un oficial de policía llamado al efecto instruyó el sumario frente al ingeniero. La mulata al prin-

216

cipio negóse a confesar nada, mas cuando mintiendo se le dijo que el Rengo había sido detenido, echóse a llorar.

Los testigos del acto no olvidarían jamás esa escena.

La mujer oscura, arrinconada, con los ojos brillantes miraba a todos los costados, como una fiera que se prepara para saltar.

Temblaba extraordinariamente; pero cuando se insistió en que el Rengo estaba detenido y que sufría por su causa, suavemente echóse a llorar; con un llanto tan delicado que el ceño de los circundantes se acentuó..., de pronto levantó los brazos, sus dedos se detuvieron en el nudo de sus cabellos, arrancó de allí una peineta y desparramando su cabellera por la espalda, dijo juntando las manos, mirando como enloquecida a los presentes:

—Sí, es cierto... es cierto..., vamos... vamos a donde está Antonio...

En un carruaje la condujeron a la comisaría.

Arsenio Vitri me recibió en su escritorio. Estaba pálido y sus ojos no me miraron al decirme:
—Siéntese.

Inesperadamente, con voz inflexiva me preguntó:

—¿Cuánto le debo por sus servicios?
—¿Cómo...?

—Sí, ¿cuánto le debo...? Porque a usted sólo se le puede pagar.

Comprendí todo el desprecio que me arrojaba a la cara.

Palideciendo, me levanté.

—Cierto, a mí sólo se me puede pagar. Guárdese el dinero que no le he pedido. Adiós.

—No, venga, siéntese... ¿Dígame por qué ha hecho esto?

—¿Por qué?

—Sí, ¿por qué ha traicionado a su compañero? Y sin motivo. ¿No le da vergüenza tener tan poca dignidad a sus años?

Enrojecido hasta la raíz del cabello, le respondí:

—Es cierto... Hay momentos en nuestra vida en que tenemos necesidad de ser canallas, de ensuciarnos hasta adentro, de hacer alguna infamia, yo qué sé... de destrozar para siempre la vida de un hombre... y después de hecho eso podremos volver a caminar tranquilos.

Vitri no me miraba ahora a la cara. Sus ojos estaban fijos en el lazo de mi corbata y su semblante iba adquiriendo sucesivamente una seriedad que se difundía en otra más terrible.

Proseguí:

—Usted me ha insultado, y sin embargo no me importa.

—Yo podía ayudarlo a usted —murmuró.

—Usted podía pagarme, y ni eso ahora, porque

yo por mi inquietud me siento, a pesar de toda mi canallería, superior a usted —e irritándome súbitamente, le grité:

—¿Quién es usted?... aún me parece un sueño haberle delatado al Rengo.

Con voz suave replicó:

—¿Y por qué está usted así?

Un gran cansancio se apoderaba de mí rápidamente, y me dejé caer en la silla.

—¿Por qué? Dios lo sabe. Aunque pasen mil años no podré olvidarme de la cara del Rengo. ¿Qué será de él? Dios lo sabe; pero el recuerdo del Rengo estará siempre en mi vida, será en mi espíritu como el recuerdo de un hijo que se ha perdido. El podrá venir a escupirme en la cara y yo no le diré nada.

Una tristeza enorme pasó por mi vida. Más tarde recordaría siempre ese instante.

—Si es así —balbució el ingeniero, y de pronto, incorporándose con los ojos brillantes fijos en el lazo de mi corbata, murmuró como soñando—: Usted lo ha dicho. Es así. Se cumple con una ley brutal que está dentro de uno. Es así. Es así. Se cumple con la ley de la ferocidad. Es así; ¿pero quién le dijo a usted que es una ley?, ¿dónde aprendió eso?

Repliqué:

—Es como un mundo que de pronto cayera encima de nosotros.

—¿Pero usted había previsto que algún día llegaría a ser como Judas?

—No, pero ahora estoy tranquilo. Iré por la vida como si fuera un muerto. Así veo la vida, como un gran desierto amarillo.

—¿No le preocupa esta situación?

—¿Para qué? Es tan grande la vida. Hace un momento me pareció que lo que había hecho estaba previsto hace diez mil años; después creí que el mundo se abría en dos partes, que todo se tornaba de un color más puro y los hombres no éramos desdichados.

Una sonrisa pueril apareció en el rostro de Vitri. Dijo:

—¿Le parece a usted?

—Sí, alguna vez sucederá eso... sucederá que la gente irá por la calle preguntándose los unos a los otros: ¿Es cierto esto, es cierto?

—Usted, dígame, ¿usted nunca ha estado enfermo.

Comprendí lo que él pensaba y sonriendo continué:

—No... ya sé lo que usted cree... Pero escúcheme... Yo no estoy loco. Hay una verdad, sí... y es que yo sé que siempre la vida va a ser extraordinariamente linda para mí. No sé si la gente sentirá la fuerza de la vida como la siento yo, pero en mí hay una alegría, una especie de inconsciencia llena de alegría. —Una súbita lucidez me permitía ahora discernir los móviles de mis acciones ante- riores, y continué—: Yo no soy un perverso, soy un curioso de esta fuerza enorme que está en mí...

—Siga, siga...

—Todo me sorprende. A veces tengo la sensa- ción de que hace una hora que he venido a la tierra y que todo es nuevo, flamante, hermoso. Entonces abrazaría a la gente por la calle, me pa- raría en medio de la vereda para decirles: ¿Pero ustedes por qué andan con esas caras tan tristes? Si la Vida es linda, linda..., ¿no le parece a usted?

—Sí...

—Y saber que la vida es linda me alegra, pare- ce que todo se llena de flores... dan ganas de arro- dillarse y darle las gracias a Dios, por habernos hecho nacer.

—¿Y usted cree en Dios?

—Yo creo que Dios es la alegría de vivir. ¡Si usted supiera! A veces me parece que tengo un alma tan grande como la iglesia de Flores... y me dan ganas de reír, de salir a la calle y pegarles puñetazos amistosos a la gente...

—Siga...

—¿No se aburre?

—No, siga.

—Lo que hay, es que esas cosas uno no las puede decir a la gente. Lo tomarían por loco. Y yo me digo: ¿qué hago de esta vida que hay en mí? Y me gustaría darla... regalarla... acercarme a las personas y decirles: ¡Ustedes tienen que ser alegres! ¿saben? tienen que jugar a los piratas.. hacer ciudades de mármol... reírse... hacer fuegos artificiales...

Arsenio Vitri se levantó, y sonriendo dijo:

—Todo eso está muy bien, pero hay que trabajar. ¿En qué puedo serle útil?

Reflexioné un instante, luego:

—Vea; yo quisiera irme al Sur... al Neuquén... allá donde hay hielos y nubes... y grandes montañas... Quisiera ver la montaña...

—Perfectamente; yo le ayudaré y le conseguiré un puesto en Comodoro; pero ahora váyase porque tengo que trabajar. Le escribiré pronto... ¡Ah! Y no pierda su alegría; su alegría es muy linda...

Y su mano estrechó fuertemente la mía. Tropecé con una silla... y salí.

INDICE